ちくま文庫

三島由紀夫の美学講座

三島由紀夫

谷川渥 編

JN262878

編者　序

本書は、三島由紀夫の書きのこした批評やエッセー、書評、解説、紀行文など、小説と戯曲以外の文章のなかから、編者が取捨選択して独自に編纂したものであり、三島由紀夫にこのような著作があるわけではない。

収められた文章はすべて、新潮社版『三島由紀夫全集』（全三十五巻、補完一）の第二十五巻から第三十四巻までの「評論」から採ったが、本文庫の方針により、新かなづかいに改められている。

「美学講座」と銘打っての編纂の意図については、巻末の「解説」を参照されたい。ここで「美学」とは、美と芸術に関する思弁、多少とも理論的な考察というほどの意味である。ただし、この「芸術」のなかに、文学は基本的に含まれていない。明らかな例外は、ダンヌンツィオ「聖セバスチァンの殉教」の「あとがき」と「谷崎潤一郎集」の「解説」だが、いずれも肉体の美に関する論考として本書には不可欠であると思われたので収めることにした。

なお、本文庫にすでに収められている文章については、できるだけ重複を避けたが、それでも三、四篇ほどはあえて採り上げている。やはり本書の構成の観点からである。

全体は七つのセクションに分けられるが、あらかじめ各セクションのまとめ方について触れておこう。

Ⅰ「美と芸術」には、三島の比較的初期のエッセーや書評のなかから、美と芸術に関する文章をまとめてみた。三島が芸術という言葉で文学ないし小説を想定しているとしても、論点はすでに個別的芸術ジャンルを超えて観念化している。本書のいわば「序論」にあたる。

Ⅱ「時代と芸術家」は、芸術家像をめぐる四篇のエッセーをまとめたもの。時代性、歴史性との関わりを避けることのできぬ芸術家、それはとりもなおさず三島自身のことでもあるが、その自覚ないし覚悟として読める部分である。

Ⅲ「廃墟と庭園」には、廃墟論、庭園論として、なかなかに読みごたえのある文章を収めた。三島の「美学」の一面である。

Ⅳ「美術館を歩く」は、紀行文「アポロの杯」から、三島が実際に訪れた都市の美術館ごとに文章を区切ってまとめてみたもの。三島はどんな作品に感銘を受け、どんな言葉を吐いているだろうか。

Ⅴ「三島由紀夫の幻想美術館」は、個々の作品、個々の画家についての言及を集めたもの。Ⅳとともに三島の美術論を構成する。

Ⅵ「肉体と美」には、Ⅴの内容を承けながら、肉体の、とりわけその美の問題に触れた文章をまとめた。三島の自邸の影像と室内装飾に関する文章もここに収めた。

Ⅶ「肉体と死」は、本「講座」の帰結であると同時にエッセンスである。

最も早い時期の「美について」（昭和二十四年）から最晩年の谷崎潤一郎論（昭和四十五年）にいたる、ほぼ二十年間の文章によって、本書は構成される。

目次

II　時代と芸術家

III　廃墟と庭園

Ⅳ　美術館を歩く――「アポロの杯」より

V 三島由紀夫の幻想美術館

VI 肉体と美

VII 肉体と死

三島由紀夫の美学講座

I　美と芸術

美について

美について私が日頃考えていることの断片的なノオトである。整理がついたらまとまった評論の体裁に編むつもりだ。これだけでは意味をなさない。

＊

美の観念は東洋（殊に日本）のそれと西欧のそれとの間に大きな逕庭《けいてい》があるのではないか？　それならばまた効用の差が？

ヨーロッパの唯美主義は一次的にはヘレニズムであり、二次的にはオリヤンタリスムその他エグゾティスム（殊に仏蘭西浪曼派《フランスロマン》）である。ヘレニズムとしての唯美主義は、アレクサンドリヤの文化が古代希臘《ギリシャ》の文化に対して持ったような関係を、ルネッサンス文化に対して持つ。即ち目的意識の濃化による主格の顚倒とデカダンスである。結果論であって、本質論ではない。ディレッタンティスムの容認による創造への逆行的到達が、創造の批評的職能と意識的構造を明らかにした。神秘主義とは縁もゆかりもない。素朴な人間主義の復興の逆説的表現である。

なぜ目的意識の濃化か？　「芸術のための芸術」という理念は、芸術の当然の前提であり芸術の要件の結果論的分析にすぎぬ。この理念は目的抹殺による目的意識の不必要な濃化にすぎぬ。芸術至上主義の名称は、その時代に対するジャーナリスティックな標語にすぎないこと。

美は道徳（神）と対置されることによって、人間主義の復興の範疇をのがれえぬ。超倫理性は、ヨーロッパに於ては、精神に対する肉体の勝利を意味するにすぎないこと。ヘレニズムとしての唯美主義は、一種の人間主義的汎神論である。

ゴーティエの美の観念。視覚の優先。批評性の喪失。絵画性。美の即物的概念。「僕には僕の人生において、＊日光をさけるべき一隅の物陰もないのだ。」

註＊――「ああ、とうとう私は芸術の仕事から手を切ったからですよ。太陽のほかにはもう何も崇拝したいとは思わないね……太陽は思案が大きらいだということにあなたはお気づきですかね。（下略）」――ジッドの採録したワイルドの言葉。これに次ぎジッドの「太陽を崇拝すること、ああ、それは生活を崇拝することであった。」という文章がつづく。ゴーティエとワイルドはこの点で両極端である。

唯美主義とロマンティスムの本質的矛盾。ゴーティエの矛盾。エグゾティスムは感受性の嗜慾《しよく》に他ならぬこと。

ボオドレエル。ワイルドとの本質的類似。ロマンティスムとは異質のものである。ボオドレエルは神と対決した。彼の美学はヘレニスムとは遠ざかり、中世的悪魔伝説につながる。超倫理性ならぬ倫理との対決。それによって必然的に内包するいわば反射的な神秘主義。ドストエフスキーの美学との共通性。美の本質論がワイルド以前にワイルドより深刻に探究されている。

「マドモワゼル・ド・モーパン」(1835)

「悪の華」(1857)

「ドリアン・グレイの画像」(1890)

ポオの美学は芸術美学の範疇に属する。唯美主義との直接的聯関はない。ドストエフスキーの美の観念(「カラマーゾフの兄弟」1880)。ボオドレエルの如く、彼も美を、人間存在の相対性に対する解決の場としてではなく、又絶対者としてではなく、人間存在の悲劇的な相対性のありのままな矛盾相剋《そうこく》の場として見た。ワイルド的超倫理性の人間主義とことなり、一種の東洋的な神秘主義の匂いがする。ボオドレエルの反射的な神秘主義ともことなり、もっと本質的な神秘主義の匂いがする。「美—美という奴は恐ろしい怕《おっ》かないもんだよ! つまり杓子《しゃくし》定規に定めることができないから、それで恐ろしいのだ。(中略)美の中では両方の岸が一つに出会って、すべての矛盾が一緒に住んでいるのだ」——ドストエフスキーにあっては、美は人間存在の避くべからざる存在形式であり、存在形式それ自体が謎なのであり、これが彼の神学の酵母となっている。なぜなら彼は美を神と対置させたり(ワイルド)、対決させたり(ボオドレエル)する代りに、美の観念の次元を高め、人間存在の内に行われる神と悪魔との争いをも美という存在形式で包括したからである。

ジッドはドストエフスキーの内部の複雑なアンタゴニズムを救ったのは、福音書の自己抛《ほう》棄《き》、自己犠牲の精神によるものと説く。この宗教的救済と美との関係の二重性は何であろうか？　ドストエフスキーの美の観念には異教的色彩があり、神ならぬものに対する憧憬的な畏怖がある。人間性の深淵をうかがった者の、救済をねがわぬ傲慢な肯定がある。美は彼にとって、救済の拒否を意味しなかったか？　たとえ一瞬でも。

美は彼の自己抛棄の存在形式とすらなりはしなかったか？　そのとき再び絶対者による救済は相対性に堕する。美は彼が人間である限り救済を不可能にし、たえず救済を相対的なものにまで引下げる力をもちはしなかったか？　死の瞬間にはじめて宗教的救済が勝を占めたのか？　それとも宗教的救済と美との二重性が一致を示したのか？

ここにおいてニイチェの芸術概念を思い出すのは徒労であろうか？　「希臘人は生存の恐怖と物凄さとを認識し感得した。」基督《キリスト》教に鋭く対立せしめられ、希臘悲劇の母胎とされたところの「生」の理念、「強さの悲観主義」、しかしドストエフスキーの美の観念は、少くともギリシャ的ではない。私は、（直観的にだが）、アジヤ的な生の指示を感ずる。そこにはヨーロッパ人にとって不断の脅威であるところのアジヤ的混沌の風土がありはしないか？　現にニイチェがギリシャ芸術の始源として指摘するデュオニゾースの祭祀は、アジヤ的起源をもつことが知られているではないか？

しかし一方に。

トオマス・マンの唯美主義批判。「ヴェニスに死す」では、唯美主義がそれ自身の崩壊のうちに死ぬ。彼の批判の対象として美は、死の方向にある。海、アジヤ的夢想、すべては死への方向にある。ショオペンハウエルの影響をとおしてみたアジヤが、死の幻覚を以て輝やかしく、阿片吸飲者の夢のように出現するのである。これは死せる行為としての芸術の象徴となる。美は死の中でしか息づきえない。生活と芸術の問題がワイルドとの別の形で訪れる。十九世紀を以て唯美主義は終りを告げた。しかし蒔かれた種子は饒多《じようた》である。ワイルドのジッドへの影響、シュテファン・ゲオルゲのリルケへの影響は、単純なものではない。

日本の美の観念は？

神の不在。宗教道徳との対立のないこと。それにもましてギリシャを持たないこと。人間中心の伝統を持たないこと。

平安朝時代以来、美の観念は主として自然から抽出された。生活と美（芸術）と相剋はない。美がはじめて生活の上位に立ったのは秩序崩壊期の新古今集時代である。宗教的末世思想と美の優位との並行関係。トオマス・マンの暗示が思い出されるように、そこには明らかに美と死との相関がある。この相関は謡曲において完全な一致に到達する。日本に於て美は、人間主義の復活を意味せず、「生の否定」という宗教性を帯びるにいたる。

なぜか？

仏教的厭世観と美との結婚（これは江戸末期までつづいた）は、実は、宿命観と現世主義との微妙な結合ではないのか？　美は生活の唯一の代位概念になったのではないのか？　この結婚は、美による美それ自身の超克の図式ではないのか？　これは又、仏教的無の強引な現世主義の宗教化という矛盾せる設定が美ではないのか？

翻訳ではないのか?
現代に於ける美の政治に対する関係。
これについてゆっくり考えたい。

――一九四九、六、二五――
(昭和二十四年十月・近代文学)

唯美主義と日本

ふつう唯美主義とか耽美主義とかよばれるものは、十九世紀後半殊に世紀末の文芸思潮に冠せられた名で、すでに時代おくれの呼名である。のみならず、常識的にその代表者と見なされるボオドレエルにしてもワイルドにしても、美は相対的な救済にすぎず、最後に来るものは、神による絶対的な救済である。わずかにワイルドの師ペイタアの享楽主義が、美の相対的な救済そのものを、一つの生活規範として確立した。

偶然か必然かは知らないが、こうしたいきさつから、唯美主義という名は皮肉な矛盾の意味をこめて須《もち》いられるようになった。なぜかというと、自然や人生よりも芸術を重んじたこの派の人々が、その作品におけるよりも生活において、かえって著聞になったからである。この点ではワイルドがもっとも甚だしいが、唯美主義はジイドのいわゆる「生活を崇拝する」教義によって、神に敗れ、奇妙なことに、芸術にも敗れる顚末になった。

同時代の哲学者ニイチェは、その「悲劇の誕生」の中で、現世肯定の希臘《ギリシャ》悲劇を、現世否定のキリスト教に対立せしめて、後者の卑劣を論難しているが、芸術が現世的な起源をもつヨーロッパが、十九世紀末のような一種の決算期に入って、その深い矛盾を露呈した姿の一つが、唯美主義という氷山の一項点のような形をとったともいえるのである。この意味で唯美主義は鋭く批評的な流派であり、作品としての結晶に多くをのこさなかったのは、その批評的性格の故かもしれないのである。

「芸術のための芸術」という有名な標語は、実践的なドグマといわんよりは、批評による発見にちかい。なぜならこの標語をあてはめるには、ワイルドやゴーティエの作品よりも、敬虔なジャンセニスト、ジャン・ラシーヌの作品のほうが、より適切だからである。ハイネがすでに、ゲーテの不毛性と不妊性を指摘して、芸術は結局完全であればあるほど不毛なのではないか、と疑っている。

唯美主義の貢献は、私にはむしろ、その悲痛な相対主義と二元論にあるように思われる。

さて、問題は、日本である。

なるほどここでも、万葉集や王朝文学では、現世的なものが、文学的発想の中核にあるが、希臘劇のような現世の悲劇的肯定はどこにも見られず、美は多く、現世的な生活感情の情緒的な装飾であり、芸術の生活化よりずっと無害な「生活の芸術化」の一つの規範として、芸術が一種の師匠の役目を果たして来たのである。ヨーロッパでいわれる意味の「精神」とは、これとは逆の方向に生れたものである。精神とは、生活の師匠ではなく、生活の敵手であって、常に新たな目で人間生活を疑い直すその途半ばにいつも芸術が位置し、その道の奥にいつも宗教が鎮座するという構造をもっている。ふつう官能をもって精神の上に位置せしめようとしたといわれる唯美主義は、精神性に対する批評でありサタイヤだったのである。

日本文学には、しかし、かかる意味での、批評の権利と存在理由は立派にある。批評の逆の操作によって、日本の芸術理念を変革することは、決して出来ないことではない。唯美主義の日本文学における可能性が、私にはなおこの見地から新鮮に考えられるのはそのためである。それはつまり日本の近代文学に批評精神を与える調練なのである。

（昭和二十六年十一月十九日・読売新聞）

ヴォリンガア「抽象と感情移入」をめぐって

近ごろ私は、小林秀雄氏にすすめられて、ヴォリンガアの「抽象と感情移入」を読んだ。これは実に面白い本で、この私のエッセイにとっても、それから多くの示唆を与えられることになった。

ヴォリンガアの所論を砕いて云うと、こういう風になる。彼は芸術が、（そこでは特に美術について云われているのであるが）、生命的なものだけを目ざしていると思われているのは、ルネッサンス以来の偏見であって、芸術にはもう一つ、それに匹敵する大きな作用がある。それは反生命的なもの、無機的なもの、無機的な合法則性と必然性のみを志向する衝動であって、ヴォリンガアはこれを抽象衝動と名づけるが、生命的なもの、有機的なものに対する感情移入衝動と、この抽象衝動とは、正に対極をなし、ギリシア以来の西洋芸術が前者によって主として動かされてきたのに対して、エジプト以東の東洋芸術は主として抽象衝動の生み落したものであった。そしてこの二大差別は、ギリシア的汎神論の自然との親和、ユダヤ的唯一神教の自然への畏怖の二大別に相応じ、それぞれの宗教の、内在的性質と超越的性質を背後に負っているというのである。しかもこの抽象衝動は、知的な性質のものではなく、むしろ本能的なもの風土的なものが、抽象と幾何学的形式を志向させるのである。

ヴォリンガアは論点を厳密に美学の領域に限定し、社会学的視野を故意に排除しているけれど、ヴォリンガアの提出した問題は、ただに美術史の新しい編纂法にとどまるものではない。文学だって芸術一般の法則を免かれることはできず、また東洋芸術と西洋芸術の基本的な相違を看過することはできないのである。

さて話は元に戻って、小説における古典主義の問題になるが、こと文学に関しては、抽象衝動と感情移入衝動の弁別はさほどに簡単ではないかに見える。第一私は軽々に古典主義という言葉を使っているが、それは十七世紀フランスに生れた特殊な一傾向の呼名であって、十九世紀文学の代表的ジャンルである小説と、それほど緊密に相結ぶものではない。

又、こうした古典主義そのものが、ヴォリンガアの区別によれば、抽象と感情移入のいずれに属するかということも問題である。ヴォリンガアは感情移入衝動を広義の自然主義一般の特色と見なし、此岸《しがん》的現世的芸術の特徴をそこに置き、ヨーロッパ的・古典的な見方が結局そこに帰するのを論じて、古典芸術をその代表と見なしているが、同時に、そういう芸術の根源的な意慾が見失われた時代には、同じ感情移入的芸術であっても、単に形式の形骸だけが残り、自然の模倣にさえ堕するということも言っている。

ギリシア彫刻が一見、自然の人体の模倣に似ていても、実は、「人間の内部における自然的・有機的傾向に合致するところの形式活動」を求めて成ったものであるのに、のちにはそれが安易な型の伝承に終ったり、自然の模倣に終ったりするというのである。

それなら、十七世紀フランスの古典主義は、むしろその擬古典的性格から、内容的には感情移入衝動にもとづきつつ、実は古典における形式活動の追求のほうを色濃く再現しようとしたものであった。ラシイヌの戯曲がそのもっともいい例である。しかしヴォリンガアが、抽象衝動と主知主義を厳密に区別しているのは見のがしてはならない点で、フランスの古典主義は、その主知主義的性格において、やはり東洋的な抽象とは無縁であり、あくまで有機的合法則性と必然性を押し進めたものに他ならないのである。

小説と古典主義との、一見何の脈絡もなさそうに見える二つのものが、もし相結ぶとすれば、正にこの地点なのである。

私はヴォリンガアに深入りしすぎたようだが、以前の問題に還って来るには、どうしてもそこまで深入りしなければならなかった。ヴォリンガアが東洋芸術を、十把一トからげに、抽象衝動と規定しているのには異論があろうが、ここには一つ、六月号の「芸術新潮」で、岡本太郎氏が、「日本美術で結局よいものは、抽象と装飾だ」と言っている発見をあげておく。そしてヴォリンガアは、抽象衝動の証拠物件として、装飾芸術を重視しているのである。

さて、小説における古典主義とアクテュアリティーの相剋は、ここまで述べれば、少くとも西欧においては、真の相剋ではないことが、おぼろげにわかってくる筈である。もちろん私は、典型的なヨーロッパの小説について言っているので、なかには異例もあり、フランツ・カフカの小説の如きは、北方芸術の抽象衝動の典型的表現であって、非ヨーロッパ的なものと云えるであろう。

西欧のロマンの人文主義的特色には、いつも時代のアクテュアリティーに忠実ならんとする傾向と、前にも述べたような、文体による人物創造の形式的意欲とが、相混和し、あるいは相争っているけれど、根本的には、小説もまた、否小説こそ、現世的此岸的芸術の代表となって、有機的合法則性に忠実ならんとし、「有機的な形式がもつ神秘的な力によって幸福感を得ようとする要求」にもとづき、生命的なものへの感情移入から生れ、根本的に生の芸術であって、……従ってまた、小説は永久に、広義の自然主義と袂《たもと》を分つことはできないのである。そして現代ヨーロッパ小説といえども、カフカのような特例をのぞいて、それが古典たりうる方向は、この方向にしかないのである。

私たちは、(この私もそうであるが)、あまりに軽率に、古びるとか、古びないとか言いすぎる。又もっと軽率に、現代を描くべきだとか、現代が描かれていない、とか言いすぎる。しかしこう言うとき、われわれの日本人の心の中では、右のような古典概念と、小説のアクテュアリティーの要請とは、まったく分裂しているか、あるいはあいまいに混沌としているか、どちらかなのである。小説のアクテュアリティーの追求が、そのまま小説の古典性を保証すると謂った確信は、実はどこにも見当らないと云っていい。そこで性急な人々は、そのどちらかを捨てなければ、小説は小説たりえないという風に、先走った考えにとらわれてしまうのである。


(略)

さて日本の風土と芸術史は、アジヤにおいても特殊なもので、日本人と自然との関係には、もともとギリシア的な親和があり、多神教や汎神論的なものがあったのに、もっときびしい風土から生れた仏教が、別の自然との関係の仕方を教え、超越的芸術への道をひらいたのであった。それはあたかもヴォリンガアが、ルネッサンス前の北方芸術について述べているのにも似通っており、北方の神秘主義は、「世界の不可知性に対する深刻な意識であった東方的神秘主義と反対に、北方人は自然と自己との間に単にヴェールがあるのを感じた」にすぎない。そしてこのヴェールこそ北方の霧なのであり、和辻哲郎氏の「風土」の表現によれば、日本のモンスーン地帯も、この一種の霧におおわれた地方であろう。そして北方芸術は、「一面抽象、他面きわめて強力な表現という、矛盾に充ちた両性的形態」に達するのであるが、日本にもまた、こうした両性的形態という規定は妥当する。われわれの超越的芸術に対する理解が贋物でないのと同様、われわれのギリシア理解も、多分そんなに贋物ではないのである。

（昭和三十二年六月〜八月・新潮「現代小説は古典たりうるか」より）

フロイト「芸術論」

十九世紀の科学的実証主義が終焉して、ヨーロッパでは理性万能の時代がすぎた。一九〇〇年代のヨーロッパを風靡したのは、反動的に起った反知性主義、反合理主義の潮流である。ニイチェの時代、ショーペンハウエルの時代、ドストイエフスキーの時代がこうしてはじまり、今次大戦後の実存主義にいたるまで尾を引いている。

フロイトはこういう時代に彼の精神分析学を流行させ、科学の名の下に、反合理主義的風潮の時好に投じた。はじめからフロイトはイローニッシュな存在である。非合理的世界の合理的解説が彼の唯一の武器で、しかもその体系は強引な仮説の上に立っている。この合理主義的仮装が、当時の反知性的知識階級の嗜好を満たすと同時に、うしろめたさに弁明を与えたのである。科学的見地から見れば、素人のわれわれにも、フロイトのユダヤ的夢判断よりもハヴロック・エリスの夢の研究のほうが妥当なように思われる。しかしフロイトの魅力はもとよりその妥当さに在るのではない。フロイトの強引な仮説は今日われわれの社会生活の常識にまでしみ入りおくればせに北米合衆国を風靡して、おかみさん階級までがアナリシスに熱中している。古典的合理主義の支配している米国では、性慾その他の非合理的世界がいつも恐怖の対象になっているので、フロイトはもっぱらその合理的側面から、DDTみたいに愛用されているのである。その結果アメリカの民衆はますます勇敢になりつつある。

フロイトは中学生のころ私の座右の書であったが、今この「芸術論」を再読してみて、カントが芸術にぶつかって「判断力批判」で失敗したように、フロイトも芸術でつまずいて、ここで最もボロを出していると思われるところが多い。極度に反美学的考察のようにみえながら、実はフロイトが陥っているのは、美学が陥ったのと同様の係蹄《けいてい》である。芸術の体験的把握を離れた分析の図式主義と、芸術を形成する知的な要素と官能的な要素との相関関係の解明にとどまって、「雞《にわとり》が先か卵が先か」という循環論法に終始している。

しかし可成反復が多くて退屈だが、ダ・ヴィンチの画解から幼時の同性性慾的傾向を類推する大珍論「レオナルド・ダ・ヴィンチの幼年期の一記憶」は一読の価値があろう。私としてはむしろ、「無気味なもの」や「フモール」等のエッセイに、フロイトのねばっこいユダヤ人気質とエッセイストの才能を見出して、興味がある。

高橋義孝氏の訳文は、きわめて明確な、ドイツ的な正確さを持ったものである。

（昭和二十八年十月十九日・日本読書新聞）

芸術にエロスは必要か

「芸術にエロスは必要か？」

こんな題は、できることなら、私の考え出した題だと思われたい。そうすれば、私はずいぶん人を喰った、気の利いた野郎だと思われるにちがいない。

残念なことに、これは実は、「文芸」編輯部の考え出した題なのである。だから、人を喰った、気の利いた人物は、「文芸」編輯部に居るものと承知されたい。

プラトンの「饗宴《きょうえん》」の中で、賢女ディオティマの語るところによると、エロスという奴は、神でもなければ人間でもない、死なないものと死すべきものとの中間にあって、偉大な神霊《ダイモーン》なのだそうだ。ダイモーンは、神と人間との中間にいるのである。

エロスは母親であるペニヤ（窮乏）に似て、貧乏で、汚らしく、跣足《はだし》で、宿無しであり、父親であるポロス（術策）に似て、勇敢で、術策に窮せざる狩人であり、又、エロスの生れたのがアフロディテの誕生日であるところから、いつもアフロディテの僕《しもべ》となって、美に憧れている。

以下有名な長いエロス論の詳述は避けるが、重要なことは、エロスが智慧と無智の中間におり、自ら智慧をもつゆえに智慧を求めない神と、無智なるが故に智者になりたいとも思わぬ無智者との丁度中間にいて、自分の欠乏の自覚から、智慧を愛し求めている存在だということである。

われわれがプラトンにおどろくのは、近代の芸術家の定義が、すでにこんなにも明確に、「饗宴」篇中に語られているという点である。

エロスは欠乏の自覚のゆえに、善きもの、美しきものを愛し、その永久の所有、すなわち不死にあずかるために、肉体の上でも心霊の上でも、美しきものに接して、その美しきものの中に生産し生殖しようとする。芸術家（詩人）とは、心霊の上にかかる生産慾を持つ人のことだ、とディオティマは言うのである。ディオティマは、肉体的創造と精神的創造を全く同一の機能に帰している。今日われわれ末世の末流文士が、自分の作品を、「血肉をわけた子供みたいなものだ」と言ったりするのも、ディオティマの思考を借りているわけだ。

さて、ディオティマは、一方に無智者というものを置いている。

無智者は、自ら美しくもなく、善くもなく、聡明でもないくせに、それで自ら十分だと満足している。自ら欠乏を感じていないから、その欠乏を感じていないものを、欲求する筈がないのである。

無智者とエロスという図式。

「無智者も芸術を生みうるか」という命題。

これがそもそもの本題なのだが、われわれは突然、二千三百年ばかり飛躍して、廿世紀のトオマス・マンが、「市民対芸術家」という形で提出した問題を、思い出さないわけには行かない。

トオマス・マンの「トニオ・クレエゲル」は、芸術家の自覚に関する悲痛な告白であるが、芸術家たるトニオは、正にプラトン的エロスの申し子である。トニオは生れながらに欠乏の自覚を持っている。トニオは不器用でダンスも満足にできない。

そのトニオの目に、金色燦然《さんぜん》と映る人物が二人いる。雄々しい少年ハンスと、美しい金髪の少女インゲである。トニオは、半ば絶望しながらハンスのような少年になりたいと思い、半ば絶望しながらインゲのような少女を愛したいと思う。しかし望みは達せられない。畢竟《ひっきょう》、ハンスもインゲも、トニオとは別種の人間なのである。

そして小説の結末で、すでに芸術家たるの自覚を抱いたトニオは、皮肉にもインゲと結ばれているハンスの姿を、硝子《ガラス》戸ごしに見て、この二つの世界の決定的な二律背反性に心悩みながらも、結局自分は、二つの世界の間に立つ人間であり、幸福な生命にみちた市民的なものへの愛情のみが、文士を詩人に変える力があると悟るにいたる。

さて、ハンスとインゲとはいかなる存在なのか？

ハンスもインゲも肉体的に美しく、生命にあふれている。エロスの申し子たるトニオが彼等に憧れるのは当然である。しかしトニオには、倒錯した芸術家の矜持がある。彼の心は、彼らの美しさと、それからその凡庸さを愛しているのである。ディオティマは決してエロスが凡庸を愛求するなどとは説かなかった。

トニオに明確なことが一つある。ハンスやインゲが、彼の芸術を理解するような人種だったら、トニオは決してこうまでも、ハンスやインゲを愛さなかっただろうと思われることである。ハンスやインゲは欠乏の自覚を持たぬ。彼ら自身に満足している。何と、彼らは、そっくりそのまま、あの無智者ではないか！　ただ、美しい、という一点だけが無智者の条件に叶わない。彼らは「美しい無智者」だと言い直そう。

ところでディオティマ流にいうと、美しいものは神的な領域に属し、エロスの上方にあり、無智者はエロスの下方にある。ハンスやインゲの存在は、かくてエロスの上方と下方に分裂している。どうしてこういうことが起ったのであろう。

われわれはディオティマが、肉体的創造と精神的創造を同一視するあの仕方、肉体的な美と精神的な美を同一体系の中に置くあの仕方を、美しいと思う。しかしそれから二千三百年たって、そんなわけには行かなくなった。目に入りやすい少年の肉体の美から、不可視のイデアの美にまでいたる、美の hierarchy を美しいと思う。しかしそんなわけには行かなくなったのである。

トニオの住んでいる世界では、肉体と精神はすでに分裂している。彼は欠乏の自覚に於てだけ、古代の芸術家の秘義に、あのエロスにつながっている。しかしエロスの愛求の運動が、そのまま芸術家の生命力を意味する、というような状態は、すでにトニオから失われている。したがってトニオのエロスは、愛求の運動の先に、愛求の運動の動力を愛求しなければならない。芸術家の手続（実に絶望的な手続）が追加されたわけである。

トニオのエロスは、どこにその動力を求めるか？　凡庸さにである。凡庸であるが故に生命力を保持しているハンス・インゲ的存在にである。しかし一方原初的な健康なエロスも、芸術家たるトニオの底にはひそんでいるから、トニオはまずその存在の美しさを愛求する。トニオはかかる愛求の分裂状態に見舞われる。芸術行為は、トニオにとって、実に絶望的なものになる。「トニオ・クレエゲル」の結語は、二頭の牛に両肢を裂かれながら、しかも微笑んでいろ、と教えているように思われる。

さてハンスとインゲは、前にも言ったように、肉体の美しさと精神の無智とに分裂している。この分裂も実はトニオの分裂と対応しているのである。しかし彼らは絶望しない。何故かというと、彼らは無智であって、欠乏の自覚をもたないからである。

絶望したトニオは、どこに芸術行為のお手本を求めるか？　彼はおのれのエロス、おのれの欠乏の自覚が、分裂の意識をしかもたらさないならば、彼にとって、芸術家たることと、統一的意識を持つこととが、二律背反であることに思いいたる。

彼はひょっとすると、芸術家たることをやめて、エロスの申し子たることをやめて、欠乏の自覚を持つことをやめて、統一的意識そのものに成り変ろうと思うかもしれない。甚だしい矛盾だが、そこに芸術行為の究極のお手本を求めるようになるかもしれない。自ら目をつぶって、人工的な無智者になって、(もちろんこれは、ハンスやインゲのような本当の無智者とはちがう)、エロスを必要としない芸術のうちに、統一的意識の獲得を夢みるかもしれない。

さて、こうした自己撞着《どうちゃく》の芸術観、エロスを必要とせぬ芸術を待望する心理、無智者の作りうる芸術を夢みる心理、……これが二十世紀において、われわれが「ファシズムの心理」と呼ぶところのものなのである。

（昭和三十年六月・文芸）

純粋とは

あらゆる芸術ジャンルは、近代後期、すなわち浪曼主義のあとでは、お互いに気まずくなり、別居し、離婚した。

文学では、写実主義小説の時代になって、小説は詩や絵画と決然と訣別し、それぞれ孤独な道を進むようになった。

美術では、印象主義が起ってから、文学に対する絶交状が叩きつけられ、孤独な純粋絵画への道を辿った。浪曼主義時代のような、美術と文学との緊密な交遊は失われ、画家はもはやマラトーンの合戦を描かず、林檎《りんご》と狂った太陽を描くようになった。

音楽では、他の芸術ジャンルとの綜合の成果は、ワグナーで極点に達し、後期浪曼派を以て終りを告げた。

舞踊は、ロマンチックバレエの完成と共に、浪曼主義文学と訣別した。

それぞれの分野が、八ちまたの八方へ別れ去ったのである。

こうして、めいめいが孤独な純粋性を追求した結果はどうなったか？

あとに残ったのは、エリオットのいわゆる「荒地」、それだけだ。

私は予言者ではないが、二十世紀後半になって、再び芸術各ジャンルの交流と綜合の時代が復活するという予感がある。

それは決して、古い浪曼主義の復活ではない。あの浪曼主義的綜合というものは、むしろ馴れ合いと云ってもよいもので、絵画と音楽と文学とは、お互いにただ肌をすりよせあって陶酔していたのである。

氷った孤独を通過して来たあとの各芸術ジャンルは、もう二度と、あんな生あたたかい親しみ合いを持つことはできない。

今後来るべき交流と綜合は、氷のような交流で、氷河的綜合にちがいない。

今ここに、かりにアヴァン・ギャルドという名を借りて、舞踊、音楽、映画、絵画、演劇の各ジャンルが、一堂に会して展観される。人はアヴァン・ギャルドなどという名にとらわれる必要はない。ここに二十世紀後半の芸術の宿命的傾向を見ればそれで足りる。それは宿命であって、今ふんぞり返っている古い芸術も、畢竟《ひっきょう》この道を辿らねばならないのだ。

そこで、純粋性とは、結局、宿命を自ら選ぶ決然たる意志のことだ、と定義してもよいように思われる。

（昭和三十五年十月・650 EXPERIENCE の会プログラム）

II　時代と芸術家

重症者の兇器

われわれの年代の者はいたるところで珍奇な獣でも見るような目つきで眺められている。私の同年代から強盗諸君の大多数が出ていることを私は誇りとするが、こういう一種意地のわるいそれでいてつつましやかな誇りの感情というものは他の世代の人には通ぜぬらしい。みだりに通じてくれては困るのである。

しかし、いつか通じる時が来る。サナトリウムに、今までいたどの患者よりも重症の患者が入院してくる。すると今までいたあらゆる患者の自尊心は、五体の健全な人間がさわがしくそこへ入って来るのを見ることによってよりも、はるかに甚だしく傷つけられる。かくしてかれらは一人一人のもっていた病気の虚栄心を、一転、健康の虚栄心に切りかえる。俺はお前より毎日二分ずつ熱が高いよと自慢していた男が、その日から、俺はお前より毎日二分ずつ熱が低いよと言い出した男に負けるのである。こういう価値の転換は、あの重症者を無視するための非常手段としてたしかに意味のあることである。彼等は安心して死を嘲けるようになる。しかし万が一、第一の重症者が医者の誤診であって、一週間もするとぴんぴんして退院してしまったら、あとはどうなることだろう。

精神の世界では、こんなありえないような事件が屡々《しばしば》起るのである。そして寓話的な説明を台無しにしてしまうのがおちである。

われわれの年代――この奇怪な重症者――は、幸いにしてまだサナトリウムに入院してはいない。しかし私の直感にして誤りがないならば、サナトリウム内部では、既に無敵の重症者（リラダンの常套句に見るごとく、「もっと良い」ということは「良い」ということの敵であるから）の入院が噂され、この不吉な予測におびえて、早くも徐々に価値の転換が行われだしているようである。暗黙の約束による転換であれば、明示の約束よりずっと確実に実行されること疑いない。とはいえ、賢明な彼等のうちの一人でも、来るべき第一の重症患者が、入院一週間後、第一の健康者として誰よりもはやく退院してゆく成行を、予見することができようか。

若い世代は、代々、その特有な時代病を看板にして次々と登場して来たのであった。彼らは一生のうちには必ず癒って行った。（と言っても、カルシウムの摂取で病竈《びょうそう》を固めてしまっただけのことだが。）しかしここに不治の病を持った一世代が登場したとしたら、事態はおそらく今までの繰り返しではすまないだろう。その不治の病の名は「健康」と言うのであった。

一例をあげよう。たとえば私はこの年代の一人としてこういう論理を持っている。

「苦悩は人間を殺すか？　――否。
　思想的煩悶は人間を殺すか？　――否。
　悲哀は人間を殺すか？　――否。

人間を殺すものは古今東西唯一つ《死》があるだけである。こう考えると人生は簡単明瞭なものになってしまう。この簡単明瞭な人生を、私は一生かかって信じたいのだ。」

私は私自身、これを「健康」の論理だと感じるのだ。この論理には、あるいは逃避の、あるいは自己放棄の影が見られるかもしれない。それにしてもこの性急な「否」に、自己の病の不治を頑なに信じた者の、快癒の喜びを決して知らない者の、或るいたましい平明な思考がひそむのを人は見ないか？

戦争は私たちが小学生の時からはじまっていた。新聞というものは戦争の記事しか載っていないものと思っていたので、ある朝学校へ行って「アベのオサダ！　アベのオサダ！」と皆がさわいでいるのをきいても何のことかわからなかった。中学へ入ると匆々《そうそう》、教練の時間が二倍になった。そのうちに、ゲートルを巻かなければ校門をくぐれないようになった。銃剣術も日課の一つであった。成長しきらないわれわれの声帯から、あの銃剣を突き出すときの「ギャッ」という掛声が発せられても、嗜虐的であるべき「ギャッ」が青くさい被虐的な「ギャッ」になってしまうので、校庭には異様な凄惨な雰囲気がただよった。

これから見ても、われわれの世代を「傷ついた世代」と呼ぶことは誤りである。虚無のどす黒い膿《うみ》をしたたらす傷口が精神の上に与えられるためには、もうすこし退屈な時代に生きなければならない。退屈がなければ、心の傷痍は存在しない。戦争は決して私たちに精神の傷を与えはしなかった。

のみならず私たちの皮膚を強靭にした。面《つら》の皮もだが、おしなべて私たちの皮膚だけを強靭にした。傷つかぬ魂が強靭な皮膚に包まれているのである。不死身に似ている。縁日の見世物に出てくる行者のように、胸や手足に刀を刺しても血が流れない。些細《ささい》な傷にも血を流す人人は、われわれを冷血漢と罵《ののし》りながら、決して自殺が出来ない不死身者の不幸については考えてみようともしない。「生の不安」という慰めをもたぬこの魂の珍奇な不幸を理会《りかい》しない。

――私は自分の文学の存在理由ともいうべきものをたずねるために、この一文を書きはじめたのではなかったか。しかしすでにその半ばを、私は自分の年代の釈明に費して来た。それは私が、文学が環境の産物であるという学説を遵奉《じゅんぽう》しているためではない。ただ何らかの意味で私たちが、成長期をその中に送った戦争時代から、時代に擬すべき私たちの兇器をつくりだして来たということを言いたかったのだ。丁度若き強盗諸君が、今の商売の元手であるピストルを、軍隊からかっさらって来たように。そして彼らが自分たちの生活をこの一挺のピストルに託しているように、私たちも亦《また》、私たち自身の文学をこの不法の兇器に託する他はないだろうから。盗人にも三分の理ということは、盗人が七分の背理を三分の理で覆おうとする切実な努力を、つまりはじめから十分の理をもっている人間の与《あずか》り知らない哀切な努力を意味している。それはまた、秩序への、倫理への、平静への、盗人たけだけしい哀切な憧れを意味する。

先頃ある批評家が、私が文学というものを生活から離れた別のものとしてはっきり高く考えていることを指摘した。私は喜んでその指摘をうべなう。しかしそれはそれとして、「芸術」というあの気恥かしい言葉を、とりわけ作家・批評家にとってはタブウであるらしいあの言葉を、臆面もなくしゃあしゃあと素面《しらふ》で口にするという芸当は、われわれ面の皮の厚い世代が草始することになるだろう。作家は含羞《がんしゅう》から、批評家は世故《せこ》から、芸術家だのという言葉をたやすく口にしなかった。彼らは素朴な観念というものが人を裸かにすることを怖れるあまり、却《かえ》ってその裏を掻《か》いて、素朴な観念ほど人間の本然の裸身を偽るものはないという教説を流布させた。

「芸術」とは人類がその具象化された精神活動に、それに用いられた「手」を記念するために与えた最も素朴な観念である。しかしこの言葉がタブウになると、それは「生」とか「生活」とか「社会」とか「思想」とかいうさまざまな言替《いいかえ》の言葉で代置された。これらの言葉で人は裸かになりえたか。なりえない。何故なら彼等はこれらの言葉が、この場合、代置としてのみ意味を持たしめられていることに気附いていないのだから。それに気附きつつそれに依った真の選ばれた個性は、日本ではわずかに二三を数えるのみである。

私はそのような選ばれた人々のみが歩みうる道に自分がふさわしいとする自信をもたない。だから傷つかない魂と強靭な皮膚の力を借りて、「芸術」というこの素朴な観念を信じ、それをいわゆる「生活」よりも一段と高所に置く。だからまた、芸術とは私にとって私の自我の他者である。私は人の噂をするように芸術の名を呼ぶ。それというのも、人が自分を語ろうとして嘘の泥沼に踏込んでゆき、人の噂や悪口をいうはずみに却って赤裸々な自己を露呈することのあるあの精神の逆作用を逆用して、自我を語らんがために他者としての芸術の名を呼びつづけるのだ。これは、西洋中世のお伽噺《とぎばなし》で、魔法使を射殺するには彼自身の姿を狙っては甲斐なく、彼より二三歩離れた林檎の樹を狙うとき必ず彼の体に矢を射込むことができるという秘伝の模倣でもあるのである。——端的に言えば、私はこう考える。（きわめて素朴に考えたい。）生活よりも高次なものとして考えられた文学のみが、生活の真の意味を明かにしてくれるのだ、と。

こうして文学も芸術も私にとっては一つの比喩であり、またアレゴリイなのであった。そこまで言ってしまっては身も蓋もなくなるようなものだが、それは言わせる時代の方が悪いのである。解説を批評とまちがえ、祖述を文学精神ととりちがえているこの仮装舞踏会めいた奇妙な一時期は、一方また大小さまざまの彫刻展覧会で賑わっていて、そこでは丈余《じょうよ》の大彫刻の裏側にかならず秘密の梯子《はしご》がかけてあって、「批評家は御随意にお上り下さい」というラテン語が刻んであるのである。ラテン語が読めるのは批評家だけだから一般大衆が上る気づかいはないが、うっかりこの梯子をかけておくのを忘れたり、梯子なんかかけるものかと意地を張ったり、もっともよくないのは、人が這い上る心配がないように青銅の表面をツルツルに磨きをかけたりしてある意地わるな彫刻は、「ははあ、おびんずるが紛れ込んだな」と誤解されても仕方がない。彼はむしろ、彼一人の手でこんなに磨きあげた彫刻が、幾千幾万の無智にして無垢・迷信ぶかくして愛すべき民衆の手で磨きあげられたおびんずるに間違えられたことを、（この幸運にして名誉ある誤解を）、神および彼自身に感謝すればよいのである。

（昭和二十三年三月・人間）

反時代的な芸術家

新しい人間と新しい倫理とは別のものではないのである。倫理とは彼の翼にすぎぬ。倫理とは彼の生きる方法だ。方法なしに生きる場合に無倫理と云われる。しかし厳密な意味での無倫理というものはない。生そのものが内在的に一つの方法を負うているからだ。生きようとする時、彼の智慧は既に生きる方法を知っているからである。しかし単なる「生きようとする意志」――これだけはどうにもならぬ。方法喪失症が意志の美名でよばれている。これこそ無倫理だ。そして生の擬態にすぎぬそれが、今でも生そのものと間違えられている。

＊

新しい人間と倫理の模索は、或る「原型」の模索を意味しているらしい。ゲエテにおいては、それは宇宙の内在というような原型の模索であった。それは自我を小宇宙《ミクロコスモス》とする欲求だった。日本の中世においては、彼の芸術のひろがりに直《じか》に接する地点として、もっとも星空に近い場所が、隠者の草庵が選ばれた。

作家が企業家を兼業しようと、大学教授を兼ねようと、この事情にはかわりはない。作家がとりうる「新しい道」というものはなく、彼がなりうる「新しい人間」というものはない。

彼が意図するのは原型だけだ。原型の模索が芸術家にとっての凡《すべ》てである。原型の能《あた》うかぎり正確な能うかぎり忠実な再現、それが彼のもつ倫理の新しさに他ならぬ。「新しい人間と新しい倫理」は芸術作品の中にしかありえないのである。しかも作品の中にあらわれた新しい人間像は、きわめて正確な程度にまで到達された作者の原型の模写に他ならず、各人各様のその到達の方法は、人間の歴史と共に古いのである。

原型とは芸術家のもっとも非芸術的な欲求の象徴と言ってよいかもしれぬ。原型における芸術家は完全な意味での「被造物」に化身する。そこには、古代の壁画や紙草《パピルス》に書かれた稚拙な絵画が、その芸術的衝動の源泉を、「死」に見出だしたのと相似た消息が見られるのである。あらゆる創ろうとする欲求の根柢の力が、創ろうとする欲求と反対の力なのである。いかなる鋳像《ちゆうぞう》も鋳型《いがた》を求めるのだ。それなしには彼の再生と繁殖はありえず、しかもそれとの合一の瞬間に彼の存在も亦《また》失われるところのあの鋳型を。

＊

一つの寓話――ある小説の中から一人の人間が立上って歩き出した。彼は生きていた。彼は新しい宗教と美学を布教した。数多くの信奉者が出た。彼らはあの「一人」の話し方を真似、歩き方を真似た。その結果彼らはAがBであるかBがAであるか見分けがつかなくなった。彼らは作者のところへ抗議を申込みに行った。「あの『一人』のおかげでこんなことになったのです。即刻彼を殺して下さい。なぜなら彼には模倣される才能があるきりで模倣する才能がないからです。もし彼に私たちを模倣する才能があったら、私たちのヴァリエーシヨンは失われずにすんだでしょう」

賢明な作者は答えた。「よろしい、彼を殺すのはわけはない。しかしもっと穏便な方法がある。『彼』を無数にふやすのです。するとあなた方は模倣の欲求から免れることができるでしょう」

「そうです。相手が一人でさえなければこっちのものです」

勇者たちはお礼をのべて立去った。

＊

もう一つの場合、——「あの『一人』を即刻殺して下さい」「よろしい」と作者は答えて殺した。すると彼らはみな彼をまねて死んでしまった。しかし死は模倣ではない。一人一人が一人一人の死を死んだのである。尤《もっと》も彼らの死はのこらず「歴史」に既に書いてあった。そして彼らの死も亦丹念に「歴史」に書かれた。

＊

しかし又、徹頭徹尾独創的でないところの作品を書きうるほどに文学は新しくなりえない。文学のみならず芸術万般の限界がそこにある。なぜなら文学は不幸にしてまだ終らないから。反之、歴史はいつも終っている。芸術上の新しさは歴史の新しさの敵ではない。

＊

単に金儲けの目的で文学をはじめようとする青年たちがいる。これは全く新しい型だ。君たちの動機の純粋を私は嘉《よみ》する。「金のため」——ああ何という美しい金科玉条、何という見事な大義名分だ。私たちの動機はそれほど純粋ではない。もっと気恥かしい、口に出すのも面伏せな欲求がこんがらかって私たちを文学へ駆り立てた。だが私たちだけに言える種類の皮肉もあるのである。

「金のためだって！　そんな美しい目的のためには文学なんて勿体《もったい》ない。私たちは原稿の代償として金を受取るとき、いつも不当な好遇と敬意とを居心地わるく感じなければならないのです。蹴飛ばされる覚悟でいたのがやさしく撫でられた狂犬のようにして」

＊

こいつをうまく両手に捌《さば》こうという人たちがいる。一方で出版業その他、一方で芸術。――これも一つの新しい型だ。しかしその時彼の生活の投影する場所がなくなってしまう。両方から等分の照明で照らされた板のように。そこで彼の二重性はその架空の（影なき）二重性のなかで解決される他はなくなる。彼は一日の或る時間において完全な程度に芸術家である。そのとき彼の生活の印象は濾過《ろか》作用を経ないで毎日せき止められて腐ってしまう。彼はその時間のあいだ純粋に芸術的な欲求だけで充たされる。彼にあの「原型」への意慾（非芸術的な意慾）が失われる。彼は「芸術愛好家」になる。

＊

私の夢みる「新しき人間」の一典型――。

歴史の悲劇性を今日の日常生活の倫理にまで導入し、それを「ヘルマンとドロテア」的な永遠の日常生活を描破した作品の健康にして強烈な裏附となしうる人。「ヘルマンとドロテア」を独乙《ドイツ》に於ける健全な中産階級の興隆と照応した歴史的所産と見ることは俗説にすぎぬ。歴史の意義をそう考えることからして俗見である。「ヘルマンとドロテア」は創造以外の何ものでもない。歴史はゲエテの produktiver Geist を通して、超歴史的な芸術上の一規範を創造したのである。歴史性の最も重要な要件は反時代性だ。これによって歴史が歴史を超え、現実生活の永遠の一典型を生み出すのである。真の歴史的所産は「超えられた歴史」なのである。創造的精神が今の日本に存在するならば、「ヘルマンとドロテア」は、時代の如何に不拘、忽《たちま》ちにして書かれる筈である。

＊

私の夢みる「新しき倫理」の一典型——。

芸術作品を実生活上の倫理と考えた中世的な芸術家精神の復活。

——一九四八、八、一——

(昭和二十三年九月・玄想)

モラルの感覚

最近ウェイドレーの「芸術の運命」という本を面白く読んだが、この本の要旨は、キリスト教的中世には生活そのものに神の秩序が信じられていて、それが共通の様式感を芸術家に与え、芸術家は鳥のように自由で、毫も様式に心を労する必要がなかったが、レオナルド・ダ・ヴィンチ以後、様式をうしなった芸術家は方法論に憂身をやつし、しかもその方法の基準は自分自身にしかないことになって、近代芸術はどこまで行っても告白の域を脱せず、孤独と苦悩が重く負いかぶさり、ヴァレリーのような最高の知性は、こういう模索の極致は何ものをも生み出さないということを明察してしまう、というのである。著者はカソリック教徒であるから、おしまいには、神の救済を持出して片づけている。

道徳的感覚というものは、一国民が永年にわたって作り出す自然の芸術品のようなものであろう。しっかりした共通の生活様式が背後にあって、その奥に信仰があって、一人一人がほぼ共通の判断で、あれを善い、これを悪い、あれは正しい、これは正しくない、という。それが感覚にまでしみ入って、不正なものは直ちに不快感を与えるから「美しい」行為といわれるものは、直ちに善行を意味するのである。もしそれが古代ギリシャのような至純の段階に達すると、美と倫理は一致し、芸術と道徳的感覚は一つものになるであろう。

最近、汚職や各種の犯罪があばかれるにつれて、道徳のタイ廃がまたしても云々されている。しかしこれは今にはじまったことではなく、ヨーロッパが神をうしなったほどの事件ではないが、日本も敗戦によって古い神をうしなった。どんなに逆コースがはなはだしくなろうと、覆水は盆にかえらず、たとえ神が復活しても、神が支配していた生活の様式感はもどって来ない。

もっと大きな根本的な怖ろしい現象は、モラルの感覚が現にうしなわれている、というそのことではないのである。

今世紀の現象は、すべて様式を通じて感覚にじかにうったえる。ウェイドレーの示唆は偶然ではなく、彼は様式の人工的、機械的な育成ということに、政治が着目してきた時代の子なのである。コミュニズムに何故芸術家が魅惑されるかといえば、それが自明の様式感を与える保証をしているように見えるからである。

いわゆるマス・コミュニケーションによって、今世紀は様式の化学的合成の方法を知った。こういう方法で政治が生活に介入して来ることは、政治が芸術の発生的方法を模倣してきたことを意味する。我々は今日、自分のモラルの感覚を云々することはたやすいが、どこまでが自分の感覚で、どこまでが他人から与えられた感覚か、明言することはだれにもできず、しかも後者のほうが共通の様式らしきものを持っているから、後者に従いがちになるのである。

政治的統一以前における政治的統一の幻影を与えることが、今日ほど重んぜられたことはない。文明のさまざまな末期的錯綜の中から生れたもっとも個性的な思想が、非常な近道をたどって、もっとも民族的な未開な情熱に結びつく。ブルクハルトが「イタリー・ルネッサンスの文化」の中で書いているように「芸術品としての国家や戦争」が、劣悪な形で再現しており、神をうしなった今世紀に、もし芸術としてなら無害な天才的諸理念が、あらゆる有害な形で、政治化されているのである。

芸術家の孤独の意味が、こういう時代ではその個人主義の劇をこえて重要なものになって来ており、もしモラルの感覚というものが要請されるならば、劣悪な芸術の形をした政治に抗して、芸術家が己れの感覚の誠実をうしなわないことが大切になるのである。

（昭和二十九年四月二十日・初出未詳）

危険な芸術家

一説によると私は「危険な思想家」だそうである。名前だけきくとカッコいいようだが、そういう説をなす人の気持は、体制側の思想家という意味で、政府御用達の思想家というほどの呼称であろう。日本における危険の中心は政府であり、どんな思想家の危険性だって、権力の危険性に及ぶ筈はなく、いわばその危険性の戯画にすぎぬであろう。

私はいつも、人間と狼とが戦っているときには、私も人間の一員であるから人間の気持はよくわかるとして、狼の気持はどうなのか、熱烈な好奇心を働らかすタチである。狼になってみたら、そのときどんな気持がするものか？

たまたま机辺の雑誌をめくってみると「宝石」新年号に、「マスコミ〝要注意人物〟㊙リストの全貌」という、センセーショナルな記事が出ている。

これによると、自民党政府はこのごろマスコミ規制に熱心で「新聞よりも放送の影響力を重視」し、各テレビの放送内容をチェックして、反体制的な思想傾向の番組や解説者に圧力を加えようとしている、というのである。

ここで扱われているのは主として政治問題だが、政治問題に関する言論を規制しようとする動きがあるときには、必ず、これをカムフラージュするために、道徳的偽装がとられ、あわせてエロティシズムや風俗一般に対する規制が行われるのが通例である。映画「黒い雪」問題、古沢岩美氏の個展の問題、「ファニー・ヒル」の発禁から、小はエレキ・ブーム批判、モンキー・ダンス批判まで、いかにも青少年保護を錦の御旗《みはた》にかかげた清教徒的道徳観が横行闊歩しはじめるのは、必ずこういう時期と符節を合している。一九七〇年の問題の時期に向って、こういう傾向はますます強化されると考えてよいであろう。

さて、そこで考えられるのは、狼の目から見た場合の危険性の度合であって、例の「危険な思想家」と、丁度逆な観点になるわけであるが、どんな保守的思想の持主である芸術家も、この観点から見られるときは、反体制的思想家と、五十歩百歩の目に会わされることは、戦争中の記憶を想起すればすぐわかることである。

実際、国家が詩人を追放しようとするのは、きわめて賢明な政治判断であって、プラトンはちゃんとそれを知っていた。政治に有効に利用できる芸術のエネルギー量はきわめて微弱であり、政治が効率百パーセント芸術を利用しえたと考えるときには、もうその芸術は死物になっていて、何の効用も及ぼしていないという皮肉な現象は、ナチスのころも見られたが、そんな微温的な手段をとるよりも、政治自体が芸術になり、（たとえ似而非《えせ》芸術であっても）政治的行為が芸術的行為を完全に代用してしまえばすむことで、それが左右を問わず全体主義政治の核心である。

ただプラトンが完全に知っており、ナチスが不完全にしか知っていなかったことは、次のような事実であり、これはもちろん、日本の政治家が夢にも知らない事実である。

「(プラトンは、)芸術家を断罪する前に、まず彼にメリット勲章か何かのようなできるだけ高い栄誉を与えなければいけないと言っている。すなわちプラトンは、今日ではほとんど誰も理解していないように思われること、つまり真に危険な芸術家とは『世にも稀な快い神聖な』偉大な芸術家であるということをはっきりと理解していた。プラトンは、(中略)大きな悪は何らかの欠除に由来するのではなくてむしろ『本性の充実から生じて来る』ものであり『弱い本性は、はなはだしく偉大な善も、はなはだしく偉大な悪も成し遂げることはほとんどできない』と信じていたのである」(「芸術と狂気」エドガー・ウィント著、高階秀爾訳、傍点筆者)

何のことはない、日本の俚諺の「悪に強きは善にも」と変りがない考えだが、ここには政治と芸術との関係において、非常に基本的な重要な考えが述べられている。たとえばエレキは有害で、青少年に対して危険であり、ベートーヴェンは有益で、何らの危険がないのみか人間性を高めるという考えは、近代的な文化主義の影響を受けた考えであって、ベートーヴェンのベの字もわからない俗物でも、こういう議論は鵜呑みにするし、現代の政府の文化政策もこの線を基本的に離れえないことは明白である。

しかし毒であり危険なのは音楽自体であって、高尚なものほど毒も危険度も高いという考えは、ほとんど理解されなくなっている。政治と芸術の真の対立状況は実はそこにしかないのである。してみると日本には、真の危険な芸術家は一人もいないということになり、政府もそんなに心配する必要はなし、万事めでたしめでたし。

(昭和四十一年二月・文学界)

III 廃墟と庭園

廃墟について

アテネ——「アポロの杯」より

　私は自分の筆が躍るに任せよう。私は今日ついにアクロポリスを見た！　パルテノンを見た！　ゼウスの宮居を見た！　巴里《パリ》で経済的窮境に置かれ、希臘《ギリシャ》行を断念しかかって居たころのこと、それらは私の夢にしばしば現われた。こういう事情に免じて、しばらくの間、私の筆が躍るのを恕《ゆる》してもらいたい。

　空の絶妙の青さは廃墟にとって必須のものである。もしパルテノンの円柱のあいだにこの空の代りに北欧のどんよりした空を置いてみれば、効果はおそらく半減するだろう。あまりその効果が著しいので、こうした青空は、廃墟のために予め用意され、その残酷な青い静謐《せいひつ》は、トルコの軍隊によって破壊された神殿の運命を、予見していたかのようにさえ思われる。こういう空想は理由のないことではない。たとえば、ディオニューソス劇場を見るがいい。そこではソフォクレースやエウリピデースの悲劇がしばしば演ぜられ、その悲劇の滅尽争《めつじんそう》(vernichteter Kampf) を、同じ青空が黙然と見戍《みまも》っていたのである。

廃墟として見れば、むしろ美しいのは、アクロポリスよりもゼウスの宮居である。これはわずか十五基の柱を残し、その二本はかたわらに孤立している。中心部とこの二本との距離はほぼ五十米である。二本はただの孤立した円柱である。のこりの十三本は残された屋根の枠を支えている。この二つの部分の対比が、非左右相称の美の限りを尽しており、私ははからずも龍安寺の石庭の配置を思い起した。

巴里で私は左右相称に疲れ果てたと言っても過言ではない。建築にはもとよりのこと、政治にも文学にも音楽にも、戯曲にも、仏蘭西《フランス》人の愛する節度と方法論的意識性（と云おうか）とがいたるところで左右相称を誇示している。その結果、巴里では「節度の過剰」が、旅行者の心を重たくする。

その仏蘭西文化の「方法」の師は希臘であった。希臘は今、われわれの目の前に、この残酷な青空の下に、廃墟の姿を横たえている。しかも建築家の方法と意識は形を変えられ、旅行者はわざわざ原形を思いえがかずに、ただ廃墟としての美をそこに見出だす。

オリムピアの非均斉の美は、芸術家の意識によって生れたものではない。

しかし龍安寺の石庭の非均斉は、芸術家の意識の限りを尽したものである。それを意識と呼ぶよりは、執拗な直感とでも呼んだほうが正確であろう。日本の芸術家はかつて方法に頼らなかった。かれらの考えた美は普遍的なものではなく一回的（einmalig）なものであり、その結果が動かしがたいものである点では西欧の美と変りがないが、その結果を生み出す努力は、方法的であるよりは行動的である。つまり執拗な直感の鍛錬と、そのたえざる試みとがすべてである。各々の行動だけがとらえることのできる美は、敷衍されえない。抽象化されえない。日本の美は、おそらくもっとも具体的な或るものである。

こうした直感の探りあてた究極の美の姿が、廃墟の美に似ているのはふしぎなことだ。芸術家の抱くイメージは、いつも創造にかかわると同時に、破滅にかかわっているのである。芸術家は創造にだけ携わるのではない。破壊にも携わるのだ。その創造は、しばしば破滅の予感の中に生れ、何か究極の形のなかの美を思いえがくときに、えがかれた美の完全性は、破滅に対処した完全さ、破壊に対抗するために破壊の完全さを模したような完全さである場合がある。そこでは創造はほとんど形を失う。なぜかというと、不死の神は死すべき生物を創るときに、その鳥の美しい歌声が、鳥の肉体の死と共に終ることを以て足れりとしたが、芸術家がもし同じ歌声を創るときは、その歌声が鳥の死のあとにまで残るために、鳥の死すべき肉体を創らずに、見えざる不死の鳥を創ろうと考えたにちがいない。それが音楽であり、音楽の美は形象の死にはじまっている。

希臘人は美の不死を信じた。かれらは完全な人体の美を石に刻んだ。日本人は美の不死を信じたかどうか疑問である。かれらは具体的な美が、肉体のように滅びる日を慮《おもんぱか》って、いつも死の空寂の形象を真似たのである。石庭の不均斉の美は、死そのものの不死を暗示しているように思われる。

オリムピアの廃墟の美は、いかなるたぐいの美であろうか。おそらくその廃墟や断片がなおも美しいことは、ひとえに全体の結構が左右相称の方法に拠っている点に懸っている。断片は、失われた部分の構図を容易に窺わしめる。パルテノンにせよ、エレクテウムにせよ、われわれはその失われた部分を想像するとき、直感によるのではなく、推理によるのである。その想像の喜びは、空想の詩というよりは悟性の陶酔であり、それを見るときのわれわれの感動は、普遍的なものの形骸を見る感動である。

しかもなお原形のままのそれらを見るときの感動を想像してみて、廃墟の与える感動がこれにまさるように思われるのは、それだけの理由からではない。希臘人の考え出した美の方法は、生を再編成することである。自然を再組織することである。ポオル・ヴァレリィも、「秩序とは偉大な反自然的企劃である」と言っている。廃墟は、偶然にも、希臘人の考えたような不死の美を、希臘人自身のこの絆《ほだ》しめから解放したのだ。

アクロポリスのいたるところに、われわれは希臘の山々、東方のリュカベットス山、北方のパルナッソス山、眼前のサロニコス湾、そのサラミスの島、それらを吹きめぐる希臘の風に乗って、羽搏《はばた》いている翼を感じる。（これこそは希臘の風である！　私の頰を打ち、耳朶《じだ》を打っているこの風こそは）

それらの翼は、廃墟の失われた部分に生えたのである。残された廃墟は石である。失われた部分において、人間が翼を得たのだ。ここからこそ、人間が羽搏いたのだ。

絆しめをのがれた生が、神々の不死の見えざる肉体を獲て、羽搏いているさまを、われわれはアクロポリスの青空のそこかしこに見る。大理石のあいだから、真紅の罌粟《けし》が花をひらき、野生の麦や芒《すすき》が風になびいている。ここの小神殿のニケが翼をもたなかったのは、偶然ではない。その木造の翼なきニケ像は失われた。つまり彼女は翼を得たのだ。

アクロポリスばかりではない。ゼウス神殿の円柱群を見ていても、そのパセティックな円柱の立姿が、私には縛《いまし》めを解かれたプロメテウスのように見えた。ここは高台ではないが、廃墟の周辺が一面の芝草なので、神殿の大理石がますます鮮やかに、いきいきと見えるのである。

*

今日も私はつきざる酩酊の中にいる。私はディオニューソスの誘いをうけているのであるらしい。午前の二時間をディオニューソス劇場の大理石の空席にすごし、午後の一時間を、私は草の上に足を投げ出して、ゼウス神殿の円柱群に見入ってすごした。

今日も絶妙の青空。絶妙の風。夥《おびただ》しい光。……そうだ、希臘の日光は温和の度をこえて、あまりに露《あら》わで、あまりに夥しい。私はこういう光りと風を心から愛する。私が巴里をきらい、印象派を好まないのは、その温和な適度の日光に拠《よ》る。

むしろ、これは亜熱帯の光りである。現にアクロポリスの外壁には一面に仙人掌《サボテン》が生い茂っている。今は一人の観客の姿も見ないディオニューソス劇場の観客席の更に高くから、松や糸杉や仙人掌や、黄いろい禾本科《かほんか》植物の観衆が、凝然と空白の舞台を見下ろしている。

私は半円の舞台に影を落してすぎる小さな燕、あのアナクレオーンが歌った燕を見た、燕たちは白い腹をひるがえして、ディオニューソス劇場とオデオン劇場の上空を往復する。どちらの小屋もきょうは休みなので、彼らは苛立たしく囀《さえず》りながら翔《か》けまわっている。

ディオニューソス神の司祭の座席に腰を下ろして、私は虫の音を聞いた。さきほどから、どういうわけか十二、三の希臘の少年が私につきまとって離れない。彼はお金がほしいのであろうか、私の吸っている英国煙草《タバコ》がほしいのであろうか、あるいはまた、古代希臘の少年愛の伝習を私に教えるつもりなのであろうか。それなら私はもう知っている。

希臘人は外面を信じた。それは偉大な思想である。キリスト教が「精神」を発明するまで、人間は「精神」なんぞを必要としないで、矜《ほこ》らしく生きていたのである。希臘人の考えた内面は、いつも外面と左右相称を保っていた。希臘劇にはキリスト教が考えるような精神的なものは何一つない。それはいわば過剰な内面性が必ず復讐をうけるという教訓の反復に尽きている。われわれは希臘劇の上演とオリムピック競技とを切離して考えてはならない。この夥しい烈しい光りの下で、たえず躍動しては静止し、たえず破れてはまた保たれていた、競技者の筋肉のような汎神論的均衡を思うことは、私を幸福にする。

ディオニューソス劇場は、わずかに蹲踞《そんきよ》せるディオニューソス神の彫像と、これの周囲のレリーフだけを、装飾品として残している。劇場の背後にわれわれは石切場のような石の堆積を見るが、そこには衣裳の襞《ひだ》の断片や、円柱の断片や、裸体の断片が、惨劇のあとのように四散している。

私はほぼ一篇の悲劇が演ぜられるのに近い時間を、そこかしこに座席を移しながらすごしたのである。司祭の席、民衆の席、そのどこからも、希臘劇の台詞《せりふ》は仮面をとおして明瞭にきこえ、俳優の姿態は鮮やかな影を伴って明瞭にうごいたにちがいない。今写真機を手にした一人の英国の海軍士官が舞台の半円の上にあらわれたので、劇場の規模と俳優の背丈との釣合を、容易に目測することができる。

（昭和二十七年七月・芸術新潮）

デルフィ――「アポロの杯」より

アポロ神殿の廃墟は崖下から眺めると、乱雑な石切場のようにしか見えない。この崖ぞいにまず宝物殿があり、その上に神託と巫女を以て名高いアポロ神殿があり、その上に最古の劇場があり、更にその上に大競技場があろうとは、想像も及ばない。滑りやすい大理石の聖路を辿《たど》って登るにつれ、それらのものが、一つ一つ、闊然《かつぜん》として目の前にひろがるのである。

宝物殿から神殿へのぼる際に、上半身を失った羅馬《ローマ》の女神像が、大理石の一片に黙然と腰かけている。彼女は登攀《とうはん》者たちをじっと見張っている。失われた目を以てではない、その下半身の端麗な襞がわれわれを見張っているのだ。

宝物殿の左の支柱の、下から五番目の大理石には、いたずら書きのように、竪琴を抱いた小さいアポロの線描が彫られている。

アポロの神殿は巨大な三本の円柱が、その壮大を偲ばせるだけで、大理石の台座がいたずらに白々とひろがっている。犠牲の叫びは円柱に反響し、その血は新しい白皙《はくせき》の大理石の上に美しく流れたにちがいない。希臘彫刻において、いつも人間の肉を表現するのに用いられたこの石は、血潮の色とも青空の色ともよく似合う。今われわれの見る廃墟に、青空の青は欠けるところがないが、鮮血の色彩の対照は欠けている。ところどころに咲いている罌粟《けし》の真紅で以て、それを想像してみる他はない。

二つの円柱のあいだから、プレイストスの渓谷を瞰下《みおろ》す風光は、言葉に尽すことができない。われわれは自動車道路と渓谷の底との恰《あた》かも半ばにある、ダイアナの神殿と競技場とを、この円柱の間の恰好な位置に望むことができる。円形の台座の上に立ったダイアナ神殿の三円柱は、比べるものがないほど美しく優雅である。

もし、アポロ神殿の円柱の外れからこれを見ると、ダイアナ神殿の美しさは幾分色褪《いろあ》せ、自然の構図は全く崩れてしまうのにおどろかれる。古代建築は、自然を征服せずに自然を発見したのであり、近代高層建築の廃墟が、いささかもわれわれの想像力を刺戟しないのは、この逆の理由に拠る。

米国人の老紳士と女の学生と、仏蘭西人の女化学者と希臘の青年と、私との五人は、われわれがチップを弾まないので、通り一ぺんの説明がおわると匆々《そうそう》にかえりかけるガイドと別れて、古代劇場の座席の最上階から更にスタジアムへと志したが、そこへ着くころにはすでに暮色が迫り、一行はあのように美しいダイアナ神殿を割愛しなければならないことを、お互いに大そう残念がった。

暮色の中で散乱している大理石は、不気味なほど生きてみえる。かれらは最後まで夜に抗している。夜もその滑らかな断面を油のように包むだけで、かれらを冒すことはできないのだ。幾多の夜にかれらは無言で抗って来たことよ。

……帰路、私は、宝物殿の闇の中にしばらく佇んだ。それは大理石の闇である。夜はひしひしとこの神域を包んでいるが、この冷たい四角の端正な空間にも、静かな拒否が漲《みなぎ》っており、人間の迷妄の真只中から、かくも端正に截《き》り取られて来た高貴な石は、決して迷妄を滅ぼすには足りないが、拒否の力の今なお滅びないという神託を、暗示しているように思われる。

アポロ神殿の背後の峨々《がが》たる裸山は、さっきも言ったパイドリアドスの断崖である。その空に下弦の新月がかかっているのを、われわれは宿へのかえるさ、発見して嘆声をあげた。

(昭和二十七年七月・芸術新潮)

羅馬《ローマ》――「アポロの杯」より

コロセウムは私を感動させなかった。それを芸術品と見ることがそもそもまちがいであるが、もし芸術品だと仮定すると、この作品は大きすぎる主題を扱った作品の欠点のようなものを持っている。そもそも芸術には「大きな主題」などというものはないのだ。

羅馬の遺跡は、コロセウムを代表として、コンスタンティヌスの凱旋門にしても、大水道にしても、大きすぎるという欠点を持っている。ゲーテはこの偉大さに市民精神の最初のあらわれを見た。「市民の目的に適当な第二の自然、これが彼等の建築」だと彼は書いている。

希臘の精神は、日本ではあやまって「壮大な」精神だと考えられている。そうではない。希臘は大きくて不完全なものよりも、小さくても完全なもののほうを愛したのだ。過剰な精神性の創りだす怪物的な巨大な作品は希臘のあずかり知らぬところだった。彼らの国家さえ小さかった。羅馬は東方に及ぶその世界的版図の上に、メソポタミヤの文化以来一旦見失われていた東方の「壮大さ」の趣味を復活したのであったが、この趣味を、ほとんどそのまま基督教《キリスト》が継承したのは、理由のないことではない。彼らは羅馬の遺物のもっている過剰な質量を、過剰な精神を以てこれを埋めるべき妥当な器だと考えたにちがいない。かくて今なお旧教の総本山、羅馬では何もかもが大きい。私はまだヴァチカンを訪れるにいたっていないが、そこでも途方もない大きなものにぶつかることだろう。

勢いに乗じて、コロセウムの欠点をもっと拾い上げると、希臘の遺跡を見て来た目では、その煉瓦《れんが》と古代のコンクリートの色がいかにも美しくない。パルテノンの蒼白な美しさと、何というちがいであろう。

（昭和二十七年七月・芸術新潮）

ウシュマル――「旅の絵本」より

ウシュマルはメキシコのユカタン半島の一地点で、飛行場のあるメリダの町から自動車で約二時間、新らしいパン・アメリカン道路を南下してそこに達する。ウシュマルはマヤの廃墟のうちでも、比較的蛮族トルテックの影響を受けない醇乎たるマヤ文化の跡を偲ばせる廃墟の数々で有名である。

（略）

廃墟というものは、ふしぎにそこに住んでいた人々の肌色に似ている。ギリシアの廃墟はあれほど蒼白であったが、ここウシュマルでは、湧き立っている密林の緑の只中から、赤銅色の肌をした El Adivino のピラミッドがそそり立つのだ。その百十八の石階には古い鉄鎖がつたわっており、むかしマキシミリアン皇妃がろくろ仕掛のこの鎖のおかげで、大袈裟にひろがったスカートのまま、ピラミッドの頂きまで登ったのであった。

そこらの草むらには、ほうぼうに石に刻んだ雨神の顔が落ちていた。この豊饒の神の顔は怒れる眉と爛々《らんらん》たる目と牙の生えた口とをもち、鼻は長く伸びてその先が巻いて象の鼻に似、しばしば双の耳の傍から男根を突き出している。

こうして廃墟をゆくと、古い円柱のほとりに馬がいたり、犬がいたり、雞がいたりする。古代のアーチの下に、数羽の七面鳥が、くるるを廻すような啼音《なきね》を立てながら涼んでいたりする。おそらく廃墟の番人の家族に飼われているのであろう。

巨大な中庭をかこむ四つの尼僧院の壮麗さは私をおどろかせたが、そこを出て、昔の石階を下に隠している草に覆われた坂を下りて、ウシュマルのアポロ神殿ともいうべき「支配者の宮殿」の前に立ったとき、いくつかのゴシック風のアーチの余白をのぞいて、残る隈なく神秘的な浮彫に飾られた横長の壮大な建築は、私の心をいきいきとさせ、ついで感動で充たした。

大宮殿はおそらくその下に石階を隠している平たい広大な台地の上にあった。この正面に相対して、二頭のジャグワの像を据えた小さい台地があり、さらに宮殿の入口の前には、巨大な男根が斜めにそびえていた。

壮麗な建築がわれわれに与える感動が、廃墟を見る場合に殊に純粋なのは、一つにはそれがすでに実用の目的を離れ、われわれの美学的鑑賞に素直に委ねられているためでもあるが、一つには廃墟だけが建築の真の目的、そのためにそれが建てられた真の熱烈な野心と意図を、純粋に呈示するからでもある。この一見相反する二つの理由の、どちらが感動を決定するかは一口に云えない。しかし廃墟は、建築と自然とのあいだの人間の介在をすでに喪《うしな》っているだけに、それだけに純粋に、人間意志と自然との鮮明な相剋をえがいてみせるのである。廃墟は現実の人間の住家や巨大な商業用ビルディングよりもはるかに反自然的であり、尖鋭な刃のように、自然に対立して自然に接している。それはついに自然に帰属することから免れた。それは古代マヤの兵士や神官や女たちのようには、灰に帰することから免れた。と同時に、当時の住民たちが果していた自然との媒介の役割も喪われて、廃墟は素肌で自然に接しているのである。殊に神殿が廃墟のなかで最も美しいのは、通例それが壮麗であるからばかりではなく、祈りや犠牲を通して神に近づこうとしていた人間意志が、結局無効におわって挫折して、のび上った人間意志の形態だけが、そこに残されているからであろう。かつては祈りや犠牲によって神に近づき、天に近づいたように見えた大神殿は、廃墟となった今では、天から拒まれて、自然——ここではすさまじいジャングルの無限の緑——との間に、対等の緊張をかもし出している。神殿の廃墟にこもる「不在」の感じは、裸の建築そのものの重い石の存在感と対比されて深まり、存在の証しである筈の大建築は、それだけますます「不在」の記念碑になったのである。われわれが神殿の廃墟からうける感動は、おそらくこの厖大な石に呈示された人間意志のあざやかさと、そこに漂う厖大な「不在」の感じとの、云うに云われぬ不気味な混淆《こんこう》から来るらしい。

（昭和三十三年三月・新潮）

西洋の庭園と日本の庭園――「仙洞御所」序文より

私は今までにいろいろヨーロッパの宮殿を訪れている。フランスのヴェルサイユ宮とフォンテエヌブロー、イギリスのハムプトン・コートやブライトンのプリンス・リージェントの世紀末趣味満溢する離宮、イタリーのボルゲーゼ宮や、スペインのエスコリアル、数知れぬ宮殿のなかで、庭が独立した体系と価値を持ち、真にヨーロッパ的な庭園構造を代表しているものは、ヴェルサイユ宮に他ならない。

幾何学的な庭はイスラム教によってインドにまで侵入したが、もっともギリシア・ラテン的な理智の結晶としての庭はヴェルサイユであり、それのみが日本の宮廷の庭の、正当な対蹠点に立っている。

ヴェルサイユの庭を見渡すことによって生ずる、あの明晰な、わざと隠されたものの何もない、すみからすみまで分析され理解され整頓され綜合された世界を見るよろこびは、他に比べるものとてない。「統治」とはあのような感覚を云うのであろう。そこでは世界は幾何学的空間に翻訳され、軍隊のパレードを見るように整然として、自然は悉《ことごと》く改造され、神々の影像はしかるべく配置されて、叛旗をひるがえすものはどこにもいない。ルイ太陽王の御代とはこのようなものであり、デカルトの哲学やコルネイユの戯曲は、すべてこのような秩序に準じている。一定空間をこんな風に秩序あらしめることは、侵蝕する時間の要素を除去して、歴史をこの空間の中へとじ込め、密封し、停止させてしまうことである。「統治」がそれを命ずるであろう。

名著「西洋の庭園」の中で、鼓常良氏は次のように言っている。

「ヴェルサイユ庭園は西洋庭園の主要な特徴をもっとも大規模に展開したものと見られることはたしかである。したがってまたすべての点において日本庭園とのちがいも拡大されて示されていることになっている」

坐って見る庭と立って見る庭とのちがい、自然に対する芸術観の差異、建築材料のちがい、建築と庭園との関係の相違、等、さまざまの示唆に富んだ、東西庭園比較論については、鼓氏の著書に拠《よ》るのがもっとも有益である。

私は、「空間への無限の憧憬」によって霞へつながるごとく流動するバロック様式や、十九世紀ロマンチック文学の影響によって起った自然主義庭園などをも含めつつ、西洋庭園における空間的要素と、日本庭園における時間的要素との、二大別によって問題を整理したいと思う。そして、自然の模倣と反自然的構築という、もっとも見やすい対比が、実は東西の芸術観の根本的な差異に根ざす以上、庭園の対比を、ただちに芸術観の対比にひろげてしまうような厖大な議論を避けたいと思う。

日本の庭を「時の庭」と私が呼ぶとき、そこには必ずしも廻遊式庭園だけが思い浮べられているのではない。空間的規模において、修学院離宮といえども、ヴェルサイユとは到底比較にならないが、いかにひろくても一定の限定された空間に他ならぬ庭園というものは、そこに世界を包摂するという目的と、同時に、そこを足がかりにして世界を離脱するという目的とを、双《ふた》つながら含んでいると考えられ、その相反する二つの目的のニュアンスの濃淡によって、西洋庭園のさまざまなスタイルの変遷があらわれたにしても、そこに何ら「時間」の要素を導入しなかった、ということが、西洋庭園の大きな特色であるように思われる。

水の使用法一つにしても、滝や渓流は、噴水と本質的にちがっている。噴水はいわば水の彫刻であって、水は或る形に固定されて、しかも自然ではめったに見られない整合的な姿で空中に浮んでいる。滝や渓流は流れている。又、日本庭園に多用される池も、滝によって水を供給され、渓流へ導かれて橋を架せられる。橋が又、建築におけるもっとも時間的な要素である。

造園術において、政治学的な比較も亦《また》、芸術的哲学的比較と同様に有効であるにちがいない。仙洞御所では、上皇というものの特殊な政治的位置と、この庭の構造とは、わざと巧まれたもののように似合っている。もし上皇という地位が、ヴェルサイユの庭のような壮大明晰な統治の図式に日々直面していたら、その地位自体が甚だ変ったものになったかもしれないのである。

それを別としても、日本の造園術には、寝殿造の庭のような円満な遊興形式にせよ、中世以降の隠遁者流の庭にせよ、権力そのものの具現であるような庭の形式をかつて知らなかった。庭が安息であり、権力否定の場であることは、金をかけた庭ほど目ざしているところのものであり、それは精妙な偽善の技術とさえ見えるのである。

空間を無限に拡大し、その空間をさまざまな建築的資材で構築し、シンメトリカルに区分し配列する西洋の庭は、空間構築自体による世界離別の傾向を秘め、それがバロックを生んだとも言えるであろう。又、純正ルネッサンスの平面的構造は、いかにひろい空間であっても、空間を理性的空間としてとどめるラテン的理想を表現して、秩序をして完全な可視的な秩序たらしめ、世界包摂の雛型を生み出した。

しかし、時間を庭へ導入することを、西洋の造園術は思いつかなかった。もし時間の原理を導入すれば、形態は腐蝕され、秩序は崩壊し、モニュメントは無効になるであろうからである。立木はたえず時間の影響をうけて変形するので、その刈り込みは庭師の多忙な仕事であったが、樹々は配列も形態も、彫刻同様にはっきり反自然的なものであらねばならなかった。

庭がどこかで終る、庭には必ず果てがある、という観念は、西洋の専制君主にとっては、我慢ならぬものであったに相違ない。そのためには、空間を支配し、空間を構造で埋めなければならぬ。ヴェルサイユの庭はその極致である。

私は冬のきわめて寒い日に、ヴェルサイユを訪れたときのことを思い出す。フランスのどこへ行ってもそうであるように、政府雇員である筈の英語ガイドは、にんにく臭い息を吹きかけながらチップを要求し、チップを払わなければ見られない部屋のいくつかへ案内する。

庭は謁見の間から見渡されたが、気が遠くなるような壮大な規模で、いざ庭へ下りてみると、どこへ行くにも何キロという距離は、歩く疲労そのものよりも、歩くにつれて募る寒気のために、身をすくませてしまう。宮殿のテラスから、ラトヌ女神の彫像のある大水盤のまわりを歩くだけで、人間の庭の規模とは思えぬほどであるから、彫刻群と木立に左右を囲まれた巨大な芝生絨毯《じゅうたん》の傍らをすぎ、その絨毯の連続としての大運河の、どこまでつづくとも知れぬ川岸をゆくときには、寒気に体は凍りつくようになって、こんな大空間を、自動車もない時代の人間が使いこなしたことは、われわれの及ばぬ精力のように想像される。

しかし、いくら歩くのに時間がかかっても、われわれは、時のない場所を歩いているという感覚を捨てることはできない。なぜならこの厖大な規模の中で、われわれの歩幅が小さいのは単なる偶然であり、一枚のチェスの盤上をゆく蟻のようなわれわれの存在に比して、ルイ太陽王の巨大な手は、この大庭園をチェス遊びに手頃な広さと考えていたことは自明であって、時間を感じようにも、こんな壮大な人工的構築物のなかを移動する時間というものは、そもそもわれわれの生活体験の裡《うち》には存在しないからだ。

＊

庭がどこかで終る。庭には必ず果てがある。これは王者にとっては、たしかに不吉な予感である。

空間的支配の終末は、統治の終末に他ならないからだ。ヴェルサイユ宮の庭や、これに類似した庭を見るたびに、私は日本の、王者の庭ですらはるかに規模の小さい圧縮された庭、例外的に壮大な修学院離宮ですら借景にたよっているような庭の持つ意味を、考えずにはいられない。おそらく日本の庭の持つ秘密は、「終らない庭」「果てしのない庭」の発明にあって、それは時間の流れを庭に導入したことによるのではないか。

仙洞御所の庭にも、あの岬の石組ひとつですら、空間支配よりも時間の導入の味わいがあることは前《さき》に述べた。それから何よりも、あの幾多の橋である。水と橋とは、日本の庭では、流れ来り流れ去るものの二つの要素で、地上の径《みち》をゆく者は橋を渡らねばならず、水は又、橋の下をくぐって流れなければならぬ。

橋は、西洋式庭園でよく使われる庭へひろびろと展開する大階段とは、いかにも対蹠的な意味を担《にな》っている。大階段は空間を命令し押しひろげるが、橋は必ず此岸《しがん》から彼岸《ひがん》へ渡すのであり、しかも日本の庭園の橋は、どちらが此岸でありどちらが彼岸であるとも規定しないから、庭をめぐる時間は従って可逆性を持つことになる。時間がとらえられると共に、時間の不可逆性が否定されるのである。すなわち、われわれはその橋を渡って、未来へゆくこともでき、過去へ立ち戻ることもでき、しかも橋を央《なか》にして、未来と過去とはいつでも交換可能なものとなるのだ。

西洋の庭にも、空間支配と空間離脱の、二つの相矛盾する傾向はあるけれど、離脱する方向は一方的であり、憧憬は不可視のものへ向い、波打つバロックのリズムは、ついに到達しえないものへの憧憬を歌って終る。しかし日本の庭は、離脱して、又やすやすと帰って来るのである。

日本の庭をめぐって、一つの橋にさしかかるとき、われわれはこの庭を歩みながら尋《と》めゆくものが、何だろうかと考えるうちに、しらぬ間に足は橋を渡っていて、

「ああ、自分は記憶を求めているのだな」

と気がつくことがある。そのとき記憶は、橋の彼方の藪《やぶ》かげに、たとえば一輪の萎《しぼ》んだ残花のように、きっと身をひそめているにちがいないと感じられる。

しかし、又この喜びは裏切られる。自分はたしかに庭を奥深く進んで行って、暗い記憶に行き当る筈であったのに、ひとたび橋を渡ると、そこには思いがけない明るい展望がひらけ、自分は未来へ、未知へと踏み入っていることに気づくからだ。

こうして庭は果てしのない、決して終らない庭になる。見られた庭は、見返す庭になり、観照の庭は行動の庭になり、又、その逆転がただちにつづく。庭にひたって、庭を一つの道行としか感じなかった心が、いつのまにか、ある一点で、自分はまぎれもなく外側から庭を見ている存在にすぎないと気がつくのである。

われわれは音楽を体験するように、生を体験するように、日本の庭を体験することができる。又、生にあざむかれるように、日本の庭にあざむかれることができる。西洋の庭は決して体験ではない。それはすでに個々人の体験の余地のない隅々まで予定され解析された一体系なのである。ヴェルサイユの庭を見れば、幾何学上の定理の美しさを知るであろう。

（昭和四十三年三月・宮廷の庭1・淡交新社・初出タイトル「無題」）

美に逆らうもの——タイガー・バーム・ガーデン

もう今度の旅では、私は「美」に期待しなくなっていた。解説された夥《おびただ》しい美、風景、美術館、建築、有名な山、有名な川、有名な湖、劇場、目をまどわす一瞬の美、そういうものに旅行者は容易に飽きる。旅立つ前から、私が夢みたのは、何とかして地上最醜のもの、いかなる「醜の美」をも持たず、ひたすらに美的感覚を逆撫《さかな》でするようなもの、そういうものに遭遇したいという不逞な夢であった。

さて、しかし、人が簡単に美意識とか美的感覚とか云っているものほど規定しがたいものはない。美という物差がどこにもあるわけではない。絶対的な美というものがない以上、絶対的な醜というものもないにちがいない。そんなことはわかりきったことである。

われわれの美意識は、歴史と諸種の体系に守られて、かなり精妙なものになっていることは確かである。それに新らしい知識がさらに詰め込まれて、それを豊富にし、増大し、増幅するから、一人の人間の美的判断力のうちには、根深い肉慾から、皮相な新知識にいたるまでの、広大な領域がひろがっている。新らしい美に驚かされることを期待するのは、この味噌も糞も一緒くたにしたような美意識の、当然の衛生学であり、自己革新の要求である。しかし新しい領土はたちまち併呑される。不快な違和感はすぐに忘れ去られ、それも亦《また》清澄な美の一種になり、やがて飽きられる。この経過はいかにもエロティックの法則によく似ている。それがわれわれが自分の持っている（と思しい）美意識を、一つのメカニズムのように感じる所以《ゆえん》である。こんなメカニズムが精妙に働き、あたかも脳髄の組織のように、臨機応変、対象に応じてあらゆる反応が可能になるほど錬磨されるにいたると、それでもわれわれは物足りなくなる。そこで美意識のメカニズムにことごとく反対に働く精妙な別のメカニズムを想定せずにはいられなくなる。それは何物であろうか？　こちらのとりだす幾千の物差に永遠に合わない尺度を持ち、こちらの美的観点に永遠に逆らいつづけ、どんな細部でも美からうまく身をそらし、永久に新鮮な醜でありつづけるような存在物、……こんなものがあったとしたら、それは一体何物であろうか？

久しくこういう無意味な想念が、私の閑な頭を悩ましていた。そういうものをもしここに作り出そうとすれば、大略の見取図は浮ぶにちがいない。それは歴史上のあらゆる様式の堕落した形態の混合物で、不快なほどリアルで、徹底的に独創性の欠けているものであるべきだが、どうしてもそうして出来上ったものはパロディーになりがちである。美は反対物を作り出そうとするときに、どうしても批評的契機にたよりがちで、批評は否応なしに別の美を生んでしまう。かくてあの対蹠的なメカニズムからは、右のような批評の生む不可避の生産性が、注意ぶかく排除されていなければならないのだ。しかも美が批評を捨てれば、ひどく退屈だがこれも亦美の一種に他ならない「常套的な美」に化してしまう。

世界旅行というものは、こんなわけで、いわば美の氾濫であり、美の泥濘のなかを跣足《はだし》で歩くようなものであり、われわれは踝《くるぶし》まで美に埋まってしまう。この世界には美しくないものは一つもないのである。何らかの見地が、偏見ですら、美を作り、その美が多くの眷族《けんぞく》を生み、類縁関係を形づくる。しかも、どうやったら美の陥穽《かんせい》に落ちないですむか、という課題は、多くの芸術家にとっては、かなり平明な課題であったと思われる。彼らはただ前へ前へ進めばよいと思ったのだ。そして一人のこらず、ついにはその陥穽に落ちたのだ。美は鰐《わに》のように大きな口をあけて、次なる餌物の落ちて来るのを待っていた。そしてその食べ粕《かす》を、人々は教養体験という名でゆっくりと咀嚼《そしやく》するのである。

どこかの国、どこかの土地で、歴史の深淵から暗い醜い顔が浮び上り、その顔があらゆる美を嘲笑し、どこまでも精妙に美のメカニズムに逆らっているというような事態はないものだろうか。ひそかにこれを期待しながら、この前の旅行で、メキシコのマヤのピラミッドを見たときも、ハイチのヴードゥーを見たときも、私の見たものは美だけであった。

*

北米合衆国はすべて美しい。感心するのは極度の商業主義がどこもかしこも支配しているのに、売笑的な美のないことである。これに比べたら、イタリーのヴェニスは、歯の抜けた、老いさらばえた娼婦で、ぼろぼろのレエスを身にまとい、湿った毒気に浸されている。いい例がカリフォルニヤのディズニイ・ランドである。ここの色彩も意匠も、いささかの見世物的侘《わ》びしさを持たず、いい趣味の商業美術の平均的気品に充ち、どんな感受性にも素直に受け入れられるようにできている。アメリカの商業美術が、超現実主義や抽象主義にいかに口ざわりのいい糖衣をかぶせてしまうか、その好例は大雑誌の広告欄にふんだんに見られる。かくて現代的な美の普遍的な様式が、とにもかくにも生活全般のなかに生きていると感じられるのはアメリカだけで、生きた様式というに足るものをもっているのは、世界中でアメリカの商業美術だけかもしれないのである。通信販売が様式の普及と伝播に貢献し、人々がコンフォルミズムとそれを呼ぼうが呼ぶまいが、アメリカの厖大な中産階級を通じて、家具や台所の設計にまで、あのものやわらかな、快適な、適度に冷たい色彩と意匠の美的様式がひろがっている。そして穢《きたな》らしいグロテスクな骨董で室内を飾り立てることのできるのは金持階級だけである。ジェット機から電気冷蔵庫にいたる機能主義のデザインが、ちゃんと所を得た様式として感じられるのはアメリカだけであろう。パリでは、バロックまがいの建物の暗い台所に、丁度日本の古い厨《くりや》に置かれているような具合に、まっ白な電気冷蔵庫が鎮座している。

アメリカでは実に美に逆らうようなものが存在しない。これがアメリカの特色で、どこへ行っても、われわれの感覚は適度によびさまされ、適度に眠らされる。ホテルの窓をひらいて、目に映るもののうち、その不快と醜悪で旅人を慄《ふる》え上らせるようなものは一つもない。ニューヨークの街路の騒音も、いわば多少やかましいオルゴールのようなものである。アメリカにはもう、怖るべき「俗悪さ」さえないのである。

摩天楼《まてんろう》を美しいと思うことは、すでにわれわれの祖父以来伝承された感覚だが、どんどん新しく建っているより機能的なモダンな摩天楼も、(たとえばシーグラム・ビルディングを見よ)、すぐ近くの古い摩天楼との様式差を、高さの近似のおかげで、見事にカヴァーしてしまっている。ここでは様式の較差も問題ではなく、下から眺める人間の視野に対する威嚇だけで、全くよく似た「圧倒的な」美感を与えるのに成功している。巨大というものが、いつも様式を超越してしまうということの古代の例証は、ローマへ行けばよく見られるとおりだ。しかし巨大な容積の単純な幾何学的形態が、われわれの心にもはやどんな様式感をもよびさまさず、それがそこにただ存在しているとしか呼びようのないものになっている建造物は、カイロのピラミッドである。実はカイロのピラミッドは、本来最も頑固に美に逆らう性質を持っているように思われるのだが、観光客の風物詩的美意識が、疑う余地のないほど、それを「美」に化してしまっている。そのまわりの沙漠と、駱駝《らくだ》と、椰子《やし》の林のおかげで。……もしあれがニューヨークの五番街のまんなかにあったら、どんなに美から遠いものになり、どんなにか周囲のニューヨークの美をおびやかし、蒼ざめさせ、戦慄させ、はては自らを恥じさせる力を持っただろうに!

もはや美の領域で、「ブゥルジョアをおどろかす」ようなものは存在しない。超現実主義は古い神話になり、抽象主義は自明な様式になってしまった。抽象主義はやがて、ゴシックが中世に於て意味したようなものになってしまうであろうし、それだけのことだ。モデルの体に絵具を塗って画布の上にころげまわらせても、悲しいかな、結果は自明であり、美は画布の上に予定されている。われわれはもはや、ウイリアム・ブレークが描いた物質主義の代表者「ピラミッドを建てた人」の肖像ほど醜くあることはできず、骨の髄まで美に犯されている。われわれの住んでいるのは、拒否も憎悪も闘いもない美の「民主主義的時代」なのだ。しかも近代の教養主義のおかげで、歴史上のどんな珍奇な美の様式にも、われわれは寛容な態度で接してしまう。

香港。――この実に異様な、戦慄的な町の只中で、私はしかし、永らく探しあぐねていたものに、ようやくめぐり会ったような感じがする。

私は今までにこんなものを見たことがない。強いて記憶を辿れば、幼時に見た招魂社《しょうこんしゃ》の見世物の絵看板が、辛うじてこれに匹敵するであろう。その色彩ゆたかな醜さは、おそらく言語に絶するもので、その名を Tiger Balm Garden というのである。

＊

タイガー・バームというのは咳止めの感冒薬の名で、胡文虎氏の創製にかかり、胡氏はわが名をとったこの薬で巨万の富を積み、十億円の私財を投じてこの庭を建てたのであるが、同時に有名な博愛主義の慈善家であった氏は、生涯絶やさなかった社会事業への莫大な寄附行為のほかに、特にこの庭を諸人のよろこびのために無料で解放して、あわせて庭の造り物によって、勧善懲悪の訓《おし》えを垂れようとしたというのである。庭が建てられたのは一九三五年のことであった。

「虎標万金油是

居家旅行良薬
救急扶危功效
宏大風行世界」

これがタイガー・バームの引札《ひきふだ》で、次なる英文の、

「香港のタイガー・バーム・ガーデンにまさる東洋美の典型的風景が世界のどこに見られるでしょうか？」

というのが、ガーデンの引札であるが、少くともこの庭が美を目ざしたものであることは明白である。

ここで私は、動機はあれほど純粋ではなくても、企図するところと方法論のきわめてよく似た、中国のエリスン、ポオの「アルンハイムの地所」の主人公の中国版を見出すのである。エリスンは言う。

「既に前に僕が述べたところにより、田舎の自然美を元に戻すという考えに僕が反対だということを君は悟るだろう。元のままの自然美というものは新たに加工せられる美に到底及ばないのだ。」

又言う。

「僕は平穏は望むが、孤独の憂鬱は望まない。……だから繁華な都会からあまり離れぬ場所、又はその近傍が、僕の計画を実行するに最も適しているだろう。」

又言う。これは殊に重要である。

「始終見る場合に一番いけないのは広さの荘厳で、広さの中でも遠景が一番悪い。これは隠遁の感情と相容れざるものである。山の頂上から四方を望んで我々は汎《ひろ》く世間へ出た様に感ぜざるをえない。心病める者は遠景を疫病の如く恐れる。」

タイガー・バーム・ガーデンは香港島の中心部の崖の斜面にそそり立っているが、この八エイカーを占めるコンクリートと石ばかりの庭は、次々と視界が遮られる構成になっていて、ほとんど遠景とは縁がない。かくてまず、私は読者をこの奇怪な庭に案内しなければならない。実に奇怪で醜悪、阿片吸飲者の夢のようなグロテスクな庭は、エリスンと同じ美的意図を以て造られながら、おそらくこれ以上はできまいほど見事に、美を裏切っているのである。

入口は丹塗《にぬ》りの柱に銀いろの門をひらいた白いずんぐりした楼門で、二頭のコンクリートの白象が左右に侍して門を守っている。これからはいちいちコンクリートと断らないが、庭のあらゆる奇工は、すべてコンクリートに彩色したものである。門額には、「虎《ホー》・豹《パー》・別《マン》・墅《シヨン》」とあり、楼門の屋根の緑の瓦には虎と豹が左右から吼え合っている。楼門の二階には、気味のわるいほど真白な裸の坐仏が、内部へ顔を向けて据えられており、この不気味な肉感性はいたるところで繰り返される。

そこからだらだら坂を上ってゆくと、左方に、見物人の入れない三階建の屋敷の庭が見え、白象のうずくまるテラスにはコンクリートの一対の警官が、剣附鉄砲を捧げて警護しており、青銅の鹿のあそぶ庭の灌木はみな人型に刈り込まれて、それに老翁の陶製の首がひとつひとつついており、白菊の鉢が、幾何学的な構図の小径に沿うて並べられ、小径は陶器の小亭へみちびくのである。

坂を上り切った正面は極彩色の崖で、コンクリートの南画風の凹凸に、龍、鳳凰、唐獅子、鶴、波頭の岩に肩怒らせている鷲などがひしめき合い、崖の中程にはいくつもの小亭が懸り、崖の下部の不規則な多くの岩棚には、世にも珍奇に枝を曲りくねらせた盆栽が置いてある。右方には五六台の車が入る散文的なガレージがあり、竹、松、鸚鵡《おうむ》などのステンドグラスを張った廊下が、水を落したプールへ向っている。

見物人はこのプール、さっき上ってきただらだら坂の右方にあるプールから、さらに石段を昇って、いよいよタイガー・バーム・ガーデンの奇景に親しむ段取になる。

そこは白い鍾乳洞のような異様な崖で内部を複雑な迷路がとおっており、職人が剝げかけた一部に白ペンキを塗っているのを見れば、ガーデン全体の、昨日造られたような鮮かな色彩も判然とする。その崖には三つの形のことなる御堂が懸っており、一つの御堂には三体の仏像が背中を合わせ、唇《くちびる》と爪は鮮紅に、衣の襞《ひだ》は金色に塗られている。迷路をめぐってゆくと、途中の洞に、黄龍、河馬《かば》、犀《さい》などの巨大な造り物がうずくまって、カッと真赤な口をあいているが、限りなく昇り降りして、ついに到達する頂上には、この庭の中心をなす虎《タイガー》・塔《パゴダ》が聳《そび》え立っている。

虎塔は百六十五フィートの高さの六層楼で、六千三百万円で建てられた白い大理石張りの塔であるが、日曜祭日以外は、内部の階段を昇ることができない。

虎塔のうしろの崖にはコンクリートの動物園があり、縞馬、カンガルー、鴛鴦《おしどり》、鶴、山羊、ゴリラなどが闘うあいだに、おそろしい恐龍がぬっと首をもたげ、更に「黒白争巣戦」と題する黒白の鼠どもの戦いも見られる。司令官の白鼠は「令」の字の赤旗をかかげ、緑の兜《かぶと》を戴いており、赤十字の鞄を提げた鼠たちは、担架《たんか》で負傷兵を運んでいる。そのかたわらに意味不明の豚たちの人形がある。俎上《そじよう》に押えつけられた仔豚が肢を切られて迫真的な血を流し、派手なエプロンをかけた巨大な白衣の女豚が、旨そうにその肢を食べているのである。

タイガー・バーム・ガーデンの客は、曲りくねった通路を歩みながら、次に自分の前に、どんな光景がくりひろげられるか、決して予見することができない。

次には黄衣をわずかにまとった六祖の像があり、二十四年の断食に堪えたという伝説をそのままに、この古代仏僧の黄いろい胸には肋《あばら》が悉《ことごと》く浮いてみえる。次の地獄極楽図はまことにグロテスクの極致であって、神桃を捧げられた神々や、龍馬にまたがった神将、天女などの足下には、雲を隔てて地獄の光景がひろがり、火筒獄、石圧獄、刀樹獄、柝目獄、汚血池、銅碓獄、などのいまわしい囚人の姿が、新鮮なペンキの血をふんだんに使って、陰惨なリアリズムで描かれている一方、この庭の童話的な趣向も忘れられずにおり、陰府刑車と大書した近代的な自動車が、囚人を満載して近づいてくるのである。

ガーデンの特色の一つは、どんな遊園地にも似ず、一切の動きがないことだ。胡文虎氏は電気仕掛を好まなかったらしい。氏の庭はすべて永遠不朽のコンクリートで固化しており、あらゆる激動の瞬間は、死のような不動の裡《うち》に埃《ほこり》を浴び、虎は永遠に吼えつづけ、囚人は永遠に呻きつづけている。このふしぎなモニュメンタルな死の気配に、胡文虎氏の美学と経済学の結合があるらしい。

　山の頂き高く真紅のパゴダが、松林を洩《も》れる夕日にかがやいている。飽くことのない戦いの人形。清帝出巡の行列の人形。その赴《おもむ》くところ、奇妙に翳《かげ》になった侘びしい華清池があって、龍のとりまく円柱のかげ、緑の天女図の浮彫の屏風のかげ、桃いろの布をささげる侍女たちに取り巻かれて、痴呆的な顔立ちの楊貴妃が、所在なげに沐浴《もくよく》をしている。

　この楊貴妃、次なる曲馬団の女たち、レスリングの女たち、……タイガー・バーム・ガーデンの裸婦たちはまことに目ざましい。それは胡粉を塗ったまっ白なコンクリートの裸体で、唇を彩った紅が、しつこく肉の存在だけを訴えている。これほど猥褻《わいせつ》な裸体を人は想像することもできないだろう。何故なら、内部のコンクリートをいやらしい胡粉の下にたえず喚起せずにはいられぬ造り方が、曲線や乳房の隆起や柔らかい腹部を、絶え間ない肉感の維持の下に眺めなくては、不安でたまらなくなるような心情へわれわれを押しやるからだ。これはほとんど屍《し》姦《かん》の心情に似ていて、あたかも肉体の影のように裸像の隈々をおおう埃は、そこにたまたま落ちたものというよりは、汚れた肉体の崩壊の兆のように見え、この冷え冷えとした感じにさからうために、人はいやでも肉慾を喚起しなければならないように造られている、と言ったらいいかもしれない。それはいかなる哲学、いかなる詩、いかなる精神とも無縁な裸体で、劣情の中で温めてやるほかはない。私はほとんど慈善家の胡文虎氏が、これらの一つ一つの裸像の裡に、生身の女を埋め込んだのではないかと疑った。

曲馬団の人形たちは、射的場の人形のように、三段に並んでいる。薔薇の花綵《はなづな》を胸にかけ、鶴の造り物を頭にのせ、桃いろの手袋をはめた女を、赤いスカーフと黄の褌《ふんどし》の男が組んだ両手の上に腰かけさせている。桃いろの肉襦袢《じゅばん》に葡萄の房を巻き、羽根毛のついた帽子をかぶった女が、かがんだ男の背に爪先立っている。第二段には多くの裸女が踊っているが、その顔はみな、蜥蜴《とかげ》や、狼や、兎や、鳥で、亀の甲羅《こうら》を背負った女が、蜥蜴の尾の男と踊っている。最上段には思い思いの姿態で坐った各国人の全裸の女。そして下手《しもて》の、みみずく、猿、兎、豚、山羊などの楽隊の前に、銀いろのマイクロフォンを握った気取った司会者が立っている。

女レスリング。あくまで紅い口を大きくあいて闘う裸の女たち。その青、桃いろ、黄のあざやかな乳当て。……

妖しい哄笑《こうしょう》をつづける黄いろの巨大な布袋《ほてい》と碧いろのその背景。船の形をした亭の下の、崖一面の巨浪に揉まれて、あるいは戯れあるいは漁《すなど》る六十頭のカーキいろの海驢《あしか》たち。七彩の玉帯橋の下に、背をあらわしている大鰐や大蟹、川上の蓮の葉に眠る白兎、大亀、大蛇。……

タイガー・バーム・ガーデンはこうした奇異な光景に充ちていて、まだわれわれは全部を見終ったわけではない。

＊

この庭には実に嘔吐を催させるようなものがあるが、それが奇妙に子供らしいファンタジイと残酷なリアリズムの結合に依ることは、訪れる客が誰しも気がつくことであろう。中国伝来の色彩感覚は実になまぐさく健康で、一かけらの衰弱もうかがわれず、見るかぎり原色がせめぎ合っている。こんなにあからさまに誇示された色彩と形態の卑俗さは、実務家の生活のよろこびの極致にあらわれたものだった。胡氏は不羈《ふき》奔放を装いながらも、この国伝来の悪趣味の集大成を成就したのである。

中国人の永い土俗的な空想と、世にもプラクティカルな精神との結合が、これほど大胆に、美という美に泥を引っかけるような庭を実現したのは、想像も及ばない出来事である。いたるところで、コンクリートの造り物は、細部にいたるまで精妙に美に逆らっている。幻想が素朴なリアリズムの足枷《あしかせ》をはめられたままで思うままにのさばると、かくも美に背致したものが生れるという好例である。

なぜ踊っている裸婦の首が蜥蜴でなければならないのか。この因果物師的なアイディアは、空想の戯れというようなものではない。いたるところに美に対する精妙な悪意が働いていて、この庭のもっとも童話的な部分も、その悪意によってどす黒く汚れている。そしてそれはグロテスクが決して抽象へ昇華されることのない世界であり、不合理な人間存在が決して理性の澄明へ到達することのない世界である。現実は決して超えられることがなく、野獣の咆吼や、人間の呻きや、猥褻な裸体は、コンクリートの形のなりに固化したまま、現実のなかにぬくぬくと身をひそめている。しかもここには怖ろしい混沌の勝利はないので、混沌の美は意識的に避けられていると云っていい。一つの断片から一つの断片へ、一つの卑俗さから一つの卑俗さへと、人々は経めぐって、ついに何らの統一にも、何らの混沌にも出会わない。おのおののイメージは歴史や伝説からとられたものであるのに、ここにはみじんも歴史は感じられず、新鮮なペンキだけがてらてらと光っている。そして人々はこの夢魔的な現実のうちで、只一人の人間らしい顔にも出会わないのである。

（昭和三十六年四月・新潮「美に逆らうもの」）

Ⅳ

美術館を歩く――

「アポロの杯」より

羅府《らふ》（ロサンゼルス）

ハンティントン美術館は英国美術とルイ王朝仏蘭西《フランス》工芸品と英国古典文学の古文書との注目すべき蒐集を展覧している。ヘンリイ・E・ハンティントン氏が一九〇八年から一九二七年に亘《わた》る蒐集の公開せられたものである。

ロココ様式の調度で統一された窓のない仄暗い一室に、ルイ十五世時代の幾多の白粉筥《おしろいばこ》や、十八世紀末から十九世紀初頭にわたる英国華冑《かちゅう》界の名華の肖像をえがいた、あまたのメダイヨンが陳列されている。

この一室は就中、ここに佇《たたず》む人をしばらく夢みさせる。白粉筥は甚だ精巧な細工を施され、その工人の手は優雅と巧緻の境を極めている。蓋の一つ一つが檣《ほばしら》の櫛比《しっぴ》する港の光景や、戯れに矢をつがえている幼ない薔薇いろの裸のクピイドや、美しい三人の姉妹の肖像画や、古典劇を演ずる劇場の風景や、貴族の男女が緑濃い庭に嬉戯するワットオ風の画面や、狩の動物の密画などで飾られており、細かい宝石をちりばめた色あざやかな七宝や彫金の額縁がこれを囲んでいる。その蓋をあけようにも、これらの白粉筥は無粋な硝子の檻《おり》にとじこめられているので、手をふれることができない。しかし七宝の鮮やかな緑や庭園嬉戯図の潤いのある夕空の彩色などを見ると、これらの小筥の中、たとえば金の小さな蝶番《ちようつがい》の内側などに、そのかみの白粉のほんの一刷毛ほどが名残をとどめていそうに思われる。硝子をへだてて移り香はわれわれに届かないが、小筥の周囲には今なお昔の佳人の薫りが漂っていそうに思われる。その人は亭午《ていご》をすぎてものうげに目ざめ、昨日も今日も同じ無為の一日の装いのために、窓あかりが鳥籠の影を落す窓わきの鏡台に立ち向い、白粉筥の蓋をあけたであろう。しかしこの些《いささ》か繊巧に過ぎた白粉筥は、むしろ頽齢《たいれい》を予感している貴婦人の午後の化粧にふさわしいかもしれないのである。むしろ貴婦人はこの小筥の収める白粉の量のあまりに少ないことを嘆いたあげく、日々費される夥《おびただ》しい白粉を収めるためには、黒檀の大きな筥のほかにはないことを、感じだしていたのかもしれない。そうだ、これらロココ趣味のエッセンスのような白粉筥は、却《かえ》って私を不吉な夢想に誘う。その形はともすると、小さな棺《ひつぎ》の形を連想させて止まないのである。

むしろわれわれの目を、生涯の最も若く最も美しい絵すがたを残しているメダイヨンの人人の上に移そう。

これはエドガア・ポオの、あのロマネスクな「楕円形の肖像画」たちである。ポオのこの作品の奇妙な芸術的効果は、作品自体が小さく完全で、冒頭の風景描写を人物の暗い背景としたその作品自身、一つの「楕円形の肖像画」たることである。この物語はかくて二重の効果をあげている。

メダイヨンはいずれも、金の、あるいは七宝の、宝石の額縁を持っている。その彩色は今もあざやかな光沢を保っている。もちろんそれらは厳密な意味での芸術品ではなく、富と権勢が工人に強いた「人工的」な美にしか過ぎないが、なまじ芸術的な気位が剔出《てきしゅつ》した醜さよりも、これらの媚態の作り出した美しさのほうが、今では残すに価値あったものとさえ思われる。

それでも大英帝国の「かがやく藤壺」を形づくったこれらの麗人たちは一人一人潑剌たる性格を帯び、多くはいたずらっぽい目付を典雅な額の下にかがやかせている。一人一人が誇らしさの表情を頰に宿していることだけが、唯一の共通点だと云っていい。というのは一人一人が、自分をこの世の最上最高の美貌だと信じていたに相違ないからだ。彼女たち、あるいはそのメダイヨンを隠し持っていたその愛人たちは、おそらく夢想もしなかったことであろう。半世紀にわたるこれらの肖像画が、一世紀後、新世界の一劃の閑雅な美術館の一室に、その小さな硝子の陳列棚の中に一堂に会することになろうとは!

この陳列棚の周囲を飽くことなくめぐり歩いて、その一人一人に胸を焦がした若人たちの愛恋の跡を偲び、さて、意地悪な批評家の目に立ち戻って、この競艶会の品騭《ひんしつ》を試みるほど、心たのしいことはあるまい。そうだ、品騭は困難ではない。一とおり眺めわたして、私は最高の美女と、最高の美男を難なく見出した。(青年の肖像画も十あまりある) そしてそれらが芸術的にもすぐれていることは、カタログの数少ない写真版に、その二人ながら収められていることでも推測できる。

その二人の名を思い出すことは困難である。私は今機上にあり、カタログはチッキの大鞄の中に入っている。ともかく二人とも一番美しい。一番若々しい。一番気高い。

ともすると私はその名を思い出さないほうがよいのかもしれない。何故なら私の夢想は、二人の相愛を偲んで止まないが、おそらく年代をしらべると、二人の年齢は同じ若さと美しさの時期に、かれらを逢わせることがなかったかもしれない。そして万一私の夢想が真実だったとしても、その夢想の結果に思いを及ぼすのは、怖ろしいことである。二人の間に出来る子供のこと、……ああ、この両親以上の美を考えるのは怖ろしい。しかし美はその本質上不毛なものであるから、よし二人が結婚したとしても、子孫を儲けることなく終ったかもしれない。

——羅府より紐育《ニューヨーク》にむかうA・A・L機上にて

＊

大英美術館から借用出品のターナアをたくさん見る。ターナアは私をおどろかせた。水彩のスケッチは殊にいい。イタリーの劇場の印象、オセロのスケッチは殊にいい。

＊

ウィリアム・ブレークの初版本「ソングス・オブ・イノセンス」を見た。自刻の木版に水彩を施したもので、きわめて美しい。これを見たことは羅府における私の最も大きな浄福だと云っていい。

（昭和二十七年四月・群像）

ニューヨーク

「ミュージアム・オブ・モダン・アート」を見物にゆく。美術批評家スウィニイ氏が連れ立って行ってくれる。ここで私は合衆国の画家の作品で、心を動かしてくれるものに会いたいと思った。果して私の心を動かしてくれたものがある。ほんの二三点ではあるが、水彩画家の Demuth（デムース）である。

この美術館では毎週古物の活動写真を見せる。今週はヴァレンチノの「黙示録の四騎士」をやっていた。私は見なかった。

ここにはピカソの「ゲルニカ」がある。白と黒と灰色と鼠がかった緑ぐらいが、ゲルニカ画中で私の記憶している色である。色彩はこれほど淡白であり、画面の印象はむしろ古典的である。静的である。何ら直接の血なまぐささは感じられない。画材はもちろん阿鼻叫喚《あびきょうかん》そのものだが、とらえられた苦悶の瞬間は甚だ静粛である。希臘《ギリシャ》彫刻の「ニオベの娘」は、背中に神の矢をうけながら、その表情は甚だ静かで、湖のような苦悶の節度をたたえて、見る人の心を動かすことが却《かえ》って大である。ピカソは同じ効果を狙ったのであろうか？「ゲルニカ」の静けさは同じものではない。ここでは表情自体はあらわで、苦痛の歪《ゆが》みは極度に達している。その苦痛の総和が静けさを生み出しているのである。「ゲルニカ」は苦痛の詩というよりは、苦痛の不可能の領域がその画面の詩を生み出している。一定量以上の苦痛が表現不可能のものであること、どんな表情の最大限の歪みも、どんな阿鼻叫喚も、どんな訴えも、どんな涙も、どんな狂的な笑いも、その苦痛を表現するに足りないこと、人間の能力には限りがあるのに、苦痛の能力ばかりは限りもしらないものに思われること、……こういう苦痛の不可能な領域、つまり感覚や感情の表現としての苦痛の不可能な領域にひろがっている苦痛の静けさが「ゲルニカ」の静けさなのである。この領域にむかって、画面のあらゆる種類の苦痛は、その最大限の表現を試みている。その苦痛の触手を伸ばしている。しかし一つとして苦痛の高みにまで達していない。一人一人の苦痛は失敗している。少くとも失敗を予感している。その失敗の瞬間をピカソは悉《ことごと》くとらえ、集大成し、あのような静けさに達したものらしい。

デムースの水彩画は、前にも言ったようにほんの二三点である。デムースは五十そこそこで死んだ今世紀前半の画人である。私はここで、自転車競走の絵と、階段のコムポジションを見、さらにメトロポリタン・ミュージアムでの5の字を大書した商店の飾窓のコムポジションを見た。いずれも不吉な感じのする絵で、好んで使う朱と橙色がこの感じを強めている。

ほんの小幅だが、私には自転車競走の絵が一等気に入った。選手のジャケツの色が非常に鮮明で明るくて、それでいて不吉なのである。

（昭和二十七年四月・群像）

デルフィ

デルフィの美術館の多くの考古学的な売物について詳述することは私の任ではない。そこでかねて見たいと思っていた青銅の馭者像に、美術館の奥まった一室で邂逅《かいこう》した幸福を述べるにとどめよう。

この周知の馭者像の左腕は失われ、右腕は二本の手綱を握っている。彼は都合四頭立の繋《けい》駕《が》を馭しているわけである。今もこの青年は見えざる馬を馭して、その若々しい頬は緊張し、そのしっかりと見ひらかれた目は燃えている。

鼻梁《びりょう》は代表的な希臘《ギリシャ》型である。左右の目の大きさは故意に幾分かちがって作られ、布に覆われた下半身*は上半身に比して随分長い感じを与える。しかも露われている足首の写実は真に迫っており、その足の甲には血が通っているかと思われる。

この像がかくまで私を感動させるのは、物事の事実を見つめる目と、完全な様式との稀な一致が見られるからにちがいない。

上半身には見事な雄々しい若者の首と、肩と胸との変化に富んだ花やかな襞《ひだ》と、さし出さ

「青銅の馭者像」前470年頃　デルフィ美術館

れた下膊《かはく》があり、この複雑な重い上半身に対比されて、故意に長くつくられた下半身が、単調で端正な襞だけで構成されているのは、すぐれた音楽を目から聞くかのような感動を与える。そこでは様式が真実と見事に歩調をあわせ、えもいわれぬ明朗な調和が全身にゆきわたっている。

馭者像の頭部は、その後の大理石彫刻の頭部とちがった独創性をもち、いかなる神にも似ない人間の若者の素朴な青春を表現している。私はこの顔をアポロよりもさらに美しいと思う。そこには神格を匂わすようなものは何一つなく、倨傲《きよごう》の代りに羞《はじ》らいが、好色の代りに純潔が香りを放っている。勝利者の羞らい、輝やくような純潔、こういうものの真実の表現は、何とわれわれの心を奥底からゆすぶることであろう。芸術が深刻なあるいは暗い主題よりも、はるかに苦手《にがて》とするものは、この種の主題である。

註＊――帰国ののちしらべて見ると、馭者像の下半身は、昔車駕のために隠されていたのである。これによると、私の見方はまちがっていたことになるが、美術品にも廃墟のような見方がゆるされるのではあるまいか。

（昭和二十七年七月・芸術新潮）

羅馬

　二日目、テルメの国立美術館を見るにいたって、羅馬《ローマ》第一日の失望は拭い去られた。それはウエヌス・ゲニトリクス（母のヴィナス）を見たからである。この前五世紀の作品の模作の首と左腕と右腕の下膊は失われているが、その美しさは見る者を恍惚とさせずには置かない。何という優雅な姿を伝って、清冽な泉のような襞《ひだ》が流れ落ちていることか。右の乳房はあらわれており、さし出された左の膝は羅を透かしてほとんど露《あら》わである。その乳房と膝頭が、照応を保って、くの字形の全身の流動感に緊張を与え、いわばあまりに流麗にすぎるその流れを、二つの滑らかな岩のように堰いている。

　襞といえば、踊り子像（Giovane danzatrice）の襞もきわめて正確で美しい。その腋下の襞の的確さは、おどろくばかりである。

　まことに心の底からの感動をよびおこし、いつまで見ていても立去りがたい感を与えるのは、希臘《ギリシヤ》古典期の彫刻である。

　ニオベの娘の完全な美しさ、その苦痛の静謐《せいひつ》。シレーネのヴィーナス。一説にニオベの息子とも、一説に鷲にさらわれるガニメデともいわれるスビアコの青年像。美しいヘルメス。

それらがそろいもそろって紀元前四、五世紀に生れたのである。

私は叙上の四つに円盤投げのトルソオを加えて、最も私の心を動かした五つを選んだ。ウエヌス・ゲニトリクスやニオベの娘の前では、感動のあまり、背筋を戦慄が走ったほどである。

もちろん有名なルドヴィシのヘラや、プラクシテレスの「バッカスとサティール」や、物思わしげな「憩えるマルス」や、アフロディテ誕生の浮彫は美しい。思うに人間が一日に味いうる感動には限りがあるから、不幸にしてそれらを見た瞬間には、私の心が弛《ゆる》んでいたのであろう。

ヘレニスティック時代の逸品「眠るアリアドネー」は、私が詩人でないことを思い出させて、私を大そう悲しませた。こういう完全な小品（と云っても偶然がその頭部だけの断片に小品の完全さを与えたのであったが）の美しさを伝えるには、きわめて短かい音楽か、きわめて短かくて完全な詩か、そのどちらかでなくてはならない。それを能《よ》くするのは、ドビュッシーかマラルメであろう。ミーノースの娘アリアドネーは、クレータに来た英雄テーセウスに恋心を抱き、迷宮の案内をして、彼の信頼を得たのであるが、さて妻になってアテーナイへかえる途中、ナクソスの地でディオニューソスに恋着され、ふしぎにもテーセウス一行は眠っている妻をのこして、ナクソスの島を立去って行くのである。この若妻の閉ざされた瞼には、しかも死の不吉な影はいささかもなく、深い温かな平安が息づいている。

＊

子供のころ、三時にいろいろなお菓子を出されると、その中でいちばん好きなお菓子の味がいつまでも口のなかに残るように、それをいちばんおしまいまでとっておく癖が私にあったが、三日目の今日なおヴァチカン美術館を訪れていないのはこの理由に拠《よ》る。

私は今日**ボルゲーゼ美術館**へ行った。それは私の宿エデン・ホテルから、歩いてものの十分とかからない。ボルゲーゼのよいものはルーヴルやその他へ移されて、残っている名作は数少ないが、それでもティツィアーノの「神聖な愛・異端の愛」は、ここへ行かなくては見ることが出来ない。

巴里《パリ》でもそうであったが、宮殿という建築は何という人を閉口させる代物であろう。ボルゲーゼ宮も最も悪い意味での羅馬《ローマ》趣味に充ちている。それはいわば、ペトロニウスのあの大著の名「サチュリコン」で、雑俎《ざつそ》というよりは、ごった煮である。或る室のごときは奇妙な埃及《エジプト》趣味で飾られている。

こういう背景のなかで異様に心を惹くのは、二三の風変りな絵であるが、そういう意味では Jacopo Zucchi の「海の宝」や「クピイドとプシケエ」、Lucas Cranach の独逸《ドイツ》風な妖怪味にあふれた「ヴィーナス及び蜂の巣をもてるクピイド」などは、なかなか美しい。なかでも Zucchi の「海の宝」(十六世紀)は、ギュスタアヴ・モロオの筆触を思わせるものがあり、前景では多くの裸婦が真珠や珊瑚《さんご》を捧げもち、その背後には明るい海がえがかれて、無数の男女の遊泳者が、さまざまのきらびやかな宝を海から漁《あさ》っているところである。「クピイドとプシケエ」のほうは、今し眠れるクピイドを好奇心にかられたプシケエが、禁を破って燭の火にうかがい見る図柄であるが、作者はこれにも、近東風な浪曼的色彩を加味するため眠れるクピイドのかたわらに一疋《ぴき》の狆《ちん》を描き添えている。

ここにあるラファエロもルーベンスも私を感動させるに足るものはなかった。ラファエロでは「一角獣を抱ける婦人像」より、太った中年の僧侶の肖像画のほうが、ルーベンスでは「ピエタ」よりも「スザンナ」のほうが、一層いいように思われる。Dosso Dossi の「女魔法使い」の絵は大そう美しい。

ボルゲーゼで私の心を最も深くとらえた絵は、ティツィアーノの「神聖な愛・異端の愛」を筆頭に、もう一つはヴェロネーゼの「聖アントニオ魚族《いろくず》に説く」である。

ヴェロネーゼのこの絵は、画面の半分が茫漠たる神秘な緑の海に覆われている。その構図はまことに闊達《かったつ》で聖人はじめ多くの人物は右半分、それも右下半部にまとめられており、魚たちを指さす聖者の指先が、漸《ようや》く画面の中央に達している。聖者の胸に飾られた白い花は海風にそよいで、愛すべき抒情的な効果をあげている。

ティツィアーノのほうは、ヴェネツィア派の絵の多くがそうであるように、背景の細部が、世にも美しい。左方には西日に照らされた城館と、そこへ昇ってゆく道をいそぐ二三の騎馬の人がおり、左下方の暗い森の中には二疋の愛らしい兎がえがかれているが、一層美しいのは右方の背景である。

入江の残照、その空の夕雲の青と黄の美しさ、前方に漂っている薄暮の憂鬱、猟犬に追われる兎と二人の騎馬像、その騎馬の人の二点の赤い上着の点綴《てんてい》、すべての上にひろがっている夕暮の大きな影、……これらのものに加えるに、複製で見て決して発見できないものが、前景の裸婦の足もとにひらめいているのを読者にお伝えしよう。それは薄暮の小さい花の周囲に、名残りおしげに附きまとっている番《つが》いのしじみ蝶である。

横長の画面はこの絵のアレゴリカルな主題にいかにもぴったりしている。二人の対蹠的な情熱の象徴、たとえばあのアベラアルとエロイーズの愛の手紙と求道の手紙との間に在るような対蹠的な象徴は、一組の恋人のように寄り添って坐っていてはならないからである。肉体と精神、誘惑と拒否、このワグネル的な永遠の主題が、いかに明朗に、いかに翳りなく描かれていることか。

＊

今日私はアンティノウスに関する小戯曲の想を得た。舞台はナイル河畔のアンティノウスの神殿である。人物は年老いたるハドリアーヌスと、その重臣と数人の巫女《みこ》と、アンティノウスの霊とである。それが書かれた暁には、私の近代能楽集に、多少毛色の変った一篇を加えることになろう。

＊

それというのも、今日ヴァチカン美術館を訪れて、私はアンティノウスのその一つは胸像であり、その一つは古代埃及《エジプト》の装いをした全身像である、(もう一つ有名なベルヴェデーレのアンティノウスは、その体つきも顔立ちも、当然アンティノウスではなくて、ヘルメスである) 二つの美しい彫像に魅せられてしまい、他のさまざまな部屋の名画を見ていても、心はアンティノウスのほうへ行っているので、全体としてヴァチカンの見物は、甚だ収穫の乏しいものに終ってしまった。

このうら若いアビシニヤ人は、極めて短い生涯のうちに、奴隷から神にまで陞《のぼ》ったのであったが、それは智力のためでも才能のためでもなく、ただ儔《たぐ》いない外面の美しさのためであり、彼はこの移ろいやすいものを損なうことなく、自殺とも過失ともつかぬふしぎな動機によって、ナイルに溺れるにいたるのである。私はこの死の理由をたずねようとするハドリアーヌス皇帝の執拗な追求に対して、死せるアンティノウスをして、ただ「わかりません」という返事を繰り返させ、われわれの生に理由がないのに、死にどうして理由があろうか、という単純な主題を暗示させせよう。

一説には厭世《えんせい》自殺ともいわれているその死を思うと、私には目前の彫像の、かくも若々しく、かくも完全で、かくも香わしく、かくも健やかな肉体のどこかに、云いがたい暗い思想がひそむにいたった径路を、医師のような情熱を以て想像せずにはいられない。ともするとその少年の容貌と肉体が日光のように輝かしかったので、それだけ濃い影が踵《きびす》に添うて従っただけのことかもしれない。

＊

さてかくて私はしばらく脇道へ外《そ》れることを余儀なくされたが、丁度未知の大森林の中へ踏み込んだように、案内人ももたずにヴァチカンの部屋部屋を隈なく歴訪するのは、たのしい期待にみちた仕事であった。たとえば、ボルジャ家のアパルトメントの如きは、それぞれ

「アンティノウスの胸像」２世紀中頃　ヴァチカン美術館

忍び戸のような窄《せま》い戸口で接しており、もうこの部屋が行き止りかと思うと、またその奥に大きな暗いきらびやかな部屋がひろがっているのである。

私はまず PINACOTECA へ入って、ティツィアーノの傑作「聖ニコロ・デ・フラーリのマドンナ」に接したのであったが、これについてはゲーテのあのような感動と讃美の一文がある以上、私はそれに附加える言葉を持たない。Pinacoteca では、私はこの絵と、メロッツオ・ダ・フォルリーの楽を奏する天使の三幅のフレスコが最も好きである。その上、人に知られていない二三の好いものもあり、Orazio Gentileschi (1565~1638) の Judith や Paul Troger (1698~1763) の Il Baetismo di Cristi はなかなか美しい。

アンティノウスの胸像は、彫刻美術館の入口の、パンテオンを模して作られた円形のサロンにあるが、埃及《エジプト》の装いをした立像のほうは、奇妙な埃及室の一間にあり、この埃及室の装飾の俗悪さは想像のつきかねるほどのものである。すなわち、天井には青い夜空にいちめんに金いろの星がえがかれ、中央の装飾燈は、東京の喫茶店でよく見かけるモダンな間接照明の仕掛になっている。

ラオコーンや、ベルヴェデーレのアポロや、ベルヴェデーレのトルソオや Apoxiomenos に接したことは、私の心を疑いようのない幸福で充たしたが、紀元前五世紀の希臘の競技者の浮彫もきわめて美しく、大理石の動物園ともいうべき、動物彫刻の一室は、なんとわれわれを古代の人々の狩猟の歓喜へ誘惑することであろう。ゲーテが彫刻鑑賞について松明《たいまつ》照明の必要を述べているが、そのきわめて良い例を、カノーヴァのペルセウスの向って左に据えられている闘技者の像の上に見ることができた。というのは、丁度このとき天井の明り取りが正午をすぎた強い日光を、ほとんど直射と見えるばかりに、この像の頭上に注ぎかけていたので、影の効果は雄渾な力を帯び、筋肉は俄《にわ》かに躍動して、これと比べると弱い万遍《まんべん》のない光線をうけているもう一人の闘技者のほうは、力を失って早くも敗北を予期しているように見えるのであった。

＊

エトルスコ・グレゴリアーノ美術室では、羅馬《ローマ》の美しいフレスコ、「ペレウスとテティスの華燭」の傍らに、同じフレスコの小品の、きわめて美しいものを見た。それは牛と連立ったパジファエであって、簡素で明澄で、正確をきわめたデッサンである。

地図と天井画の小間切れで埋められたとんでもない廊下は、第一その長さで見物人を閉口させるが、私はボルジャ家のアパルトメントの入口を見失って、この廊下を二度も往復した。そしてシスチンのミケランジェロの「天地創造」や、ボルジャ家の古い壁画のよいものを見おわると、小さい子供たちに囲まれたナイルの神のいる翼楼をとおって、又埃及室のアンティノウスの前へ行った。

＊

次の日、私は早朝から起きて三つの美術館とパンテオンの見物を、中食前にすましてしまった。これをきいたら、日頃私が午前中ほとんど床の中にいる習慣を知っている東京の友人は、目を丸くするにちがいない。しかもこの強行軍は、誰にも強いられなかったからできたので、誰かお節介な他人がこんな窮屈な日程を組みでもしたら、私は早速サボタージュを企てたことであろう。

三つの美術館とは、コンセルヴァトーリ宮の美術館と、キャピトール美術館と、ヴェネツィア宮の美術館の三つである。

今日も恍惚としながら私の思うことは、希臘《ギリシャ》と羅馬《ローマ》とのこの二週間、これほど絶え間のない恍惚の連続感が、一生のうちに二度と訪れるであろうかということである。私は人並に官能の喜びも知り、仕事を仕終えたあとの無上の安息の喜びも知っているが、それらがかつて二日とつづいたことはなかった。希臘と羅馬では半ば予期されたこうした幸福感が、他人の親切で擾《わずらわ》されることがないように、注意深く交際の機会を避け、すでに二週間、私は三度の食事を一人で食卓に向っているが、こういうことも家族に恵まれた今までの生活では、はじめての経験である。しかしこの二週間、一瞬であれ、私は孤独を感じたおぼえがない。たしかプルウストの気の利いた小品の一つを思い出されたい。それは或る社交好きな青年が、その夜も客を招いてある食卓を前にして、客の遅い来訪を待ちわびているところへ、見知らぬ招かれざる客が現われて食卓に就こうとする。青年が咎《とが》めると「私は一度もあなたの食事に招かれたことがない。私はしかし、いつかあなたの食事に招かれる権利があるのだ」と厳かに答え、さらにその名をたずねる青年の問にこたえて、招かれざる客は苦々しくこう言うのである。「私を御存知ない？　そんな筈はない。私の名は『貴下自身』というのだ」

＊

パラッツオ・コンセルヴァトーリでは、グイドオ・レニの「聖セバスチャン」を遂に眼前にした幸のほかに（尤《もっと》も写真版でかねて見ていたところでは、ゼノアにある同じ作品の複製のほうが、私は好きだ。写真版で見ても、この二つの間には微妙な違いがある）ルウベンスやヴェロネーゼや、仏蘭西《フランス》のプッサンの作品が私を感動させた。

グイドオの「聖セバスチャン」の一つ隣りに折衷派の師なるCarracciの「聖セバスチャン」があるので、門弟グイドオの耽美的な個性がいっそうはっきりする。Carracciの「聖セバスチャ時代にはラファエルよりも上位に置かれたのであるが、今彼の名が一般的でないからと云って、その作品が低く見られる理由はなく、セバスチャン像も、大理石のような裸体に一切流血のえがかれていないことが、作品の古典的な美を一そう高めている。

Carracci の或る作品はなかなかよいが、羅馬の美術館の至るところにある Garofalo は私を閉口させた。それも無闇と大きな作品がみな Garofalo である。鯨の欠点は大きすぎるという点にあるのだ。

プッサンの「オルフェ」は何という美しさだろう。何という森の微妙な光線だろう。それは明らかにワットオの先蹤《せんしょう》である。

ここでもヴェロネーゼは私を感歎させ、ヴェニスにある作品の複製である「The Rape of Europe」や、二つの Bozetto「La Pace」と「La Speranza」や「聖母と聖アンナ」は、しばらくその前を立去りがたくさせるのであった。

「聖母と聖アンナ」はティツィアーノのように澄明でなく、ルウベンスのような光りもない

グイドオ・レニ「聖セバスチァンの殉教」　カピトリーノ美術館

が、燻《くす》んだ青空、暗い緑、日本の西陣織のような聖母の衣、すべての上に神秘な午後の倦さが漂っており、画中の人物は、かれら自身の神聖さに倦いているように見えるのである。ルウベンスの「狼と共にあるロムレスとレムス」はきわめて美しく、ここの美術館の絵で一つを選べと強いられれば、私は躊躇なくこれを選ぶだろう。二人の幼児は暗い木立と狼の暗い毛並の前に、燦然《さんぜん》と薔薇いろにかがやいている。

＊

ここの彫刻では、「棘《とげ》を抜く少年」ただ一つが美しい。足の裏の棘にむかってうつむいているその熱心な表情には、人間がこういう状態にあるときの孤独が正確にとらえられ、われわれはあたかも、少年の無心な瞬間を、少年には毫も気づかれずに隙見をしているかの感を与えられる。

ある位置から見ると、右の下肢と、左の下肢と、右の下膊と、胴の左側の線とが、丁度十字をなしており、その十字の中心に足の裏があって、そこにこの作品の主題である小さな見えない棘が刺っているのだ。その巧妙な主題の扱いは、すぐれた短篇小説を読むかのようで、これほど単純で鮮明な主題に凝縮された短篇を書くことはわれわれの困難な、しかもいつも熾烈な希望である。

＊

キャピトール美術館では、入り際に、面白いものを見た。それは埃及《エジプト》のスカラベサクレのレリーフである。この甲虫は半ば擬人化されているように見えるがそうではなく、可成り忠実な写生が、埃及人の考えた神聖さの目的に照らして、面白く様式化されているのである。

希臘の浮彫、「アンドロメダを救えるペルセウス」は、きわめて優雅な小品である。そのアンドロメダの衣裳の襞が、いかに歓喜に波立っていることか。

疑いもなく傑作である「瀕死のゴール人」よりも、私は今し頽勢《たいせい》に陥って、片膝と片手を地に突き、のこる右手の剣で辛うじて身を禦《ふせ》いでいる戦士像（Combattente）のほうが好きだ。ゴール人は近代の傑作がもっているような死の不安と苦悩とに充ちているが、戦士像のほうは、生命の危機もその静謐《せいひつ》を擾すに足りず、何か舞踏の一瞬の美しい姿態のように、外面それ自体だけがわれわれに語りかけているのである。他に見れども飽かぬ美しい彫像は、「カピトールのヴィーナス」と「クピードとプシケエ」である。

＊

パラッツオ・ヴェネツィアの美術館は、幾つかの空っぽの部屋もあって、見るべきものが少いが、ジォヴァンニ・ベリーニの小さな愛すべき肖像画や、フィリッポ・リッピの作品や、ニコラ・デ・バルバーリの「Cristo e l'Adultera」の美しい色彩や、ドナート・クレチとジウゼッペ・マリア・クレスピの優雅な作品のほかに、私を感動させたのは、Lelio Orsi da Novellara のピエタである。

その筆触はドラクロアを思わせ、構図はきわめて緊密で、しかも情熱的である。

この美術館には盗んで行ってもわかるまいと思われる小さな愛すべき絵がいくつかあって、Procaccini の龍退治の小品などは、少しばかり私の盗心を誘った。

＊

今日私はアンティノウスに別れを告げるために、再度ヴァチカンを訪れた。今までロトンダに入って、その胸像を見ながら、すぐ傍らにある巨大な立像に気がつかなかったが、それはあまり胸像にばかり見惚れていたためと、もう一つは、立像のほうはあまりに神格化され、胸像や埃及の立像のような初々しさに欠けているので、その人らしい特徴が目立たなかったためであろう。

パレストリナで見出されたこの立像は、バッカス神に扮したアンティノウスであるが、その表情や姿態には、バッカスらしい闊達さや、飄逸《ひょういつ》さはなく、やや傾けた首はうつむきがちで、彼自身の不吉な運命を予感しているかのようである。

アンティノウスの像*には、必ず青春の憂鬱がひそんでおり、その眉のあいだには必ず不吉の翳《かげ》がある。それはあの物語によって、われわれがわれわれ自身の感情を移入して、これらを見るためばかりではない。これらの作品が、よしアンティノウスの生前に作られたものであったとしても、すぐれた芸術家が、どうして対象の運命を予感しなかった筈があろう。

私は旧弊《きゅうへい》な老人が写真をとられるのをいやがる気持がわかるような気がする。その生前にすぐれた彫像が作られる。するとその人の何ものかはその時に終ってしまうのだ。その死後にすぐれた彫像が作られる。するとその人の生涯はこれに委ねられ、この上に移り住み、これによって永遠の縛《いま》しめをうけるのだ。われわれの苦悩は必ず時によって解決され、もし時間が解決せぬときは、死が解決してくれるのである。希臘人がもっていたのは、このような現世的なニヒリズムであった。希臘人は生のおびただしい畏怖のために蒼ざめた石、あの蒼白の大理石を刻んで、多くの彫像を作りだし、これによってかれらを生のおそるべき苦痛から解放した。あるいは厳格な法則に従った韻文劇を、かれらの言葉の中から刻み出し、それによって人々の潜在的な苦悩や苦痛を解放した。それが希臘劇である。それらはいわば時間や死による解決の模倣である。彫刻は一瞬の姿態を永遠の時間にまで及ぼし、悲劇は嬲《なぶ》り殺しのような永い人生の解決の時間を、わずか二十四時間に圧縮したのである。

希臘人の考えたのは、精神的救済ではなかった。かれらの彫像が自然の諸力を模したように、かれらの救済も自然の機構を模し、それを「運命」と呼びなした。しかしこうした救済と解放は、基督《キリスト》教がその欠陥を補うためにのちにその地位にとって代ったように、われわれを生から生へ、生の深い淵から生の明るい外面へ救うにすぎない。生は永遠にくりかえされ、死後もわれわれはその生を罷《や》めることができないのである。あの夥《おびただ》しい希臘の彫刻群が、解放による縛しめ、自由による運命、生の果てしない絆《きずな》によって縛しめられているのを、われわれは見るのである。

彫像が作られたとき、何ものかが終る。そうだ、たしかに何ものかが終るのだ。一刻一刻がわれらの人生の終末の時刻《とき》であり、死もその単なる一点にすぎぬとすれば、われわれはいつか終るべきものを現前に終らせ、一旦終ったものをまた別の一点からはじめることができる。希臘彫刻はそれを企てた。そしてこの永遠の「生」の持続の模倣が、あのように優れた作品の数々を生み出した。

生の茫洋たるものが堰《せ》き止められるにはあまりに豊富な生に充ちている若者たちが、そうした彫像の素材になったのには、希臘人がモニュメンタールと考えたものの中に潜む、悲劇的理念を暗示する。アンティノウスは、基督教の洗礼をうけなかった希臘の最後の花であり、羅馬が頽廃期に向う日を予言している希臘的なものの最後の名残である。私が今日再び美しいアンティノウスを前にして、ニイチェのあの「強さの悲観主義」「豊饒そのものによる一の苦悩」生の充溢から直ちに来るところの希臘の厭世主義を思いうかべたとしても不思議ではあるまい。

　生れざりしならば最も善し。
　次善はただちに死へ赴くことぞ。

ミダス王が森の中から連れて来られたサテュロスにきいたこの言葉、それが今私の耳を打つ。アンティノウスの憂鬱は彼一人のものではない。彼は失われた古代希臘の厭世観を代表しているのである。

私は又しても埃及の部屋の立像の前にしばらく佇み、この三体のアンティノウスの印象がほかのさまざまのもので擾されぬように、匆々《そうそう》にヴァチカンを辞し去った。

私は今日、日本へかえる。さようなら、アンティノウスよ。われらの姿は精神に蝕《むしば》まれ、すでに年老いて、君の絶美の姿に似るべくもないが、ねがわくはアンティノウスよ、わが作品の形態をして、些《いささ》かでも君の形態の無上の詩に近づかしめんことを。

一九五二年五月七日羅馬にて

註＊――ブルクハルトは「チチェローネ」の中でアンティノウスについてこう書いている。「より高い芸術形式（つまり神の姿）として表現された最後の神はハドリアーヌス皇帝の寵児にして神格化されたアンティノウスである。而してここでは、ハドリアーヌスのために恐らく自ら死の道を選んだ（紀元一三〇年）若者に実際に似せて作り、同時にその似顔を理想的に高めるという事が主目的であった。従って精神描写よりも寧ろ外貌、外姿の方がその目的に適う訳で、身体つきは立派によく整い、額や胸は広く張り、口や鼻も豊かに作られた。一方、表情は目や口元にしばしば若者らしい悲愁の情が美しく漂っている作品もあるが、また時としては幾分の憤りと、ほとんど兇暴に近いものすら窺われる。

アンティノウスの像は通例若い英雄型の胸像が多いが（例えばヴァティカノのサラ・ロトンダ）、外に立像も幾つか残っている。そしてこれらのものに於ては、彼は単に祝福を与える守神として――時には宝角をもっている――もしくは或る種の神の姿として具体化されている。例えばラテラノ第三室のアンティノウスはヴェルトゥムヌス（農の神――主として果実等の）として作られ、ヴィラ・アルバニの浮彫には大きな半身像で現わされている。その外、ヴァティカノのエジプト美術館にはオシイリス（農の神）にかたどったアンティノウスがあり、ロトンダの華麗な像（以前はパラッツオ・プラスキイにあった）はバッコスにかたどったそれである。而もこの最後の像は古典期以後の最も優雅な巨像の一つと言えよう。なお単なる英雄像としてはナポリ美術館（アンティノオの部屋）のものが最もすぐれている。

次に間違ってアンティノウスの名で呼ばれているものとしてはカピトリーノ（瀕死の剣士の

部屋）の美しい像がある。これは頭部や骨格からして、まずヘルメスか競技者のそれであろうが、ただ一般のその種の像ほど、すんなりした身体つきではなく、どちらかといえば、普通よりもずんぐりしている。然しそうかといって、アンティノウスのあの見事な豊満さからは遥かに遠い[原註*]が、一方又、頭部における彼の肖像彫刻との類似は一概に否定し去ることも出来ぬのである。更にヴァティカノ（ベルヴェデレ）の所謂アンティノウスは既に述べた如くヘルメスである。」

（原註＊）　表情にはむしろ幾分の悲しみの面影さえ見られる——尤も斯うした表情は他のアンティノウス像に於ても見られるし、又ヘルメスにも現われている。

（昭和二十七年七月・芸術新潮）

官能美の誕生――三島由紀夫作品集「あとがき」より

初版本「アポロの杯」は、誤植が甚だ多く、図版が一つもないのが憾《うら》みであったが、今度は数葉の図版が入れられたので、私もうれしいし、読者は図版のたすけで、文章のイメーヂの乏しさを補うことができるであろう。

グイド・レニの「聖セバスティアーノ」は、第一巻の小説「仮面の告白」の挿絵でもある。アンティノウスの胸像にしても、グイド・レニのこの絵にしても、今日では芸術的価値の低いものとされているので、大方の美術全集には収録されていない。ゲーテの時代にはグイド・レニはラファエロよりも上位を占めていたのであるが、今日はその価値はラファエロの足下におとしめられている。私は思うのに、アンティノウスの胸像が作られたのはハドリアヌス帝の時代、グイド・レニの生きた時代はナポリの自然派とボローニアの折衷派が相争った十七世紀の伊太利で、共に生気のない擬古的潮流が一世を覆った時代であるが、死んだ様式の、精神のない模倣に支えられて、或る官能的傾向が野放しに生き、そのためにかくも耽美的な、集注した官能美が生れたのではなかろうか。アンティノウスとセバスチャンの官能美には、ほとんど猥褻《わいせつ》なものがあり、それは相隔たった二つの頽廃期が、相呼ばわっているように見えるのである。いつかこのような異教的デカダンスの芸術の美を、われわれに語ってくれる真摯な美術史家が現われぬものであろうか。

（昭和二十九年三月・三島由紀夫作品集6・新潮社）

V　三島由紀夫の幻想美術館

「聖セバスチァンの殉教」

一

聖セバスチァンの実在性は、はなはだ疑わしい。

カトリック聖人伝によると、西暦紀元三世紀、フランス人を父とし、イタリア人を母としてフランスのナルボンヌに生れ、幼いころに洗礼を受け、長じてのち、迫害の同信の徒にすこしでも便宜を与えたいとの念願から、わざと身を軍籍に置き、しばらくローマ市に勤務していたが、武勇人にすぐれ、しばしば輝やかしい軍功を立てて、ディオクレチアヌス皇帝の目にとまり、名誉ある親衛兵第一隊隊長に任命されるにいたった。

軍人の身分を利して、陰に陽に信徒を助けていたのが発覚し、ついに皇帝から死刑を宣告され、アフリカのヌビア人に弓矢で射殺されることになった。処刑後、息絶えたものとして放置されたセバスチァンは、夜半遺骸を葬りに来た信女イレーネによってまだ息のあることを発見され、その手当をうけて蘇生したが、回復匆々《そうそう》、ふたたび、太陽神像《ヘリオガバルス》参詣途上の皇帝の前に立ちふさがって弾劾したので、棍棒で打ち殺され、屍は放水路に投げ込まれた。西暦二八八年のことだと云われている。

遺骸は信者の手にひろわれ、地下小聖堂《カタコーム》へ移されて、そこに埋葬され、のちローマ帝国に信教の自由が与えられると、彼の墓の上に一つの聖堂が建てられたのが、すなわち今日ローマ市アッピア街道の「聖セバスチアノ聖堂」の起りである……。

しかし、この伝説を裏付ける史料はほとんどなく、あるいは、この伝説に似た史実があったとしても、史実そのものは忘れられて、忽《たちま》ちにして伝説が勝利を占め、中世を通じて、疫病に対する守護聖人として、又、兵士、弓術家、運動家の保護聖人として崇敬された。その身に刺った夥《おびただ》しい矢が、諸人に代って疫病の苦を一身に引受けてくれるものと考えられたのであろう。中世には、この戯曲にあるように、斬首されるマルクとマルセリアンをはげますセバスチァンの聖画もあった。

しかし、そこではまだ、今日われわれが知っているようなセバスチァンの像は、現われていないと云ってよい。セバスチァンはなお重い中世風の聖者の衣裳を着けていた。美術史上、セバスチァンがはじめて身に纏《まと》ったものをかなぐりすてて裸体になるのは、その伝説上の死から実に千二百年後、十五世紀以来のことである。("Iconography of the Saints in Tuscan Painting" by George Kaftel)

聖セバスチァンは正にそこからはじまる。われわれの回想と夢が、歴史上の一時期にむかって収斂《しゅうれん》され、そこに光りの束が生じて、その時点に一つの新らしい肖像画をはめ込むにいたる、集団的な精神の集中作用による創造の奇蹟がそこに起った。もちろんあらゆる伝説には、その光りの暈《かさ》の中心に、何らかの現実に基づいた核があるにはちがいない。三世紀のディオクレチアヌス帝の時代には、殉教した若い近衛兵もあったにはちがいない。しかし真珠が形成されたあとには、その核が永久に隠されてしまうように、セバスチァンの伝説は、その核のまわりに何度も塗り重ねられて層をなし、ついに十五世紀のルネッサンスにいたって、旧態をとどめぬ燦然たる形成を成就したのである。

それはすでに、若い、ゆたかな輝やかしい肉体、異教的な官能性を極端にあらわした美青年の裸体となって生れ、さまざまな姿態で、あるいは月桂樹の幹に、あるいは古代神殿の廃墟の円柱に縛《いま》しめられ、あるいはローマ軍兵の兜《かぶと》や鎧《よろい》をかたわらに置き、あるいは信女イレーネに涙を注がれ、あるいは数本の矢、あるいは無数の矢を、その美しい青春の肉に箆深《のぶか》く射込まれて、ただ、死にゆく若者の英雄的な、又、抒情的な美の化身となり、瀕死のアドニスと何ら選ぶところのないものに成り変っていた。キリスト教聖画のうち、その異教的官能性のもっとも露骨なものとして、セバスチァンの絵画は、多くの修道院で永らく禁圧されていた。

何が起ったのだろう？

私にはルネッサンスが、その原理にもっとも好都合な主題を発掘して、その原理のために利用し尽しただけだとは考えない。ひょっとするとルネッサンスは、三世紀以来セバスチァン伝説の中に隠されていた秘儀を、一挙に解明したのである。中世の陰気な、爺むさい隠蔽と歪曲にもかかわらず、セバスチァン伝説には、もともとそれを根強く形成し維持してきた本源的な力の秘密がまつわっていた。なぜ数あるキリスト教殉教者のうち、セバスチァンだけが、若く美しい兵士でなければならなかったか？　なぜ彼だけが美しい肉体に無数の矢を射込まれて殺されねばならなかったか？　なぜ、しかも、彼の史的実在性に、永遠に手の届かぬあいまいな影があるのか？……フレイザーの「金枝篇」の古代の穀物神の章を読む者には、この起源はおそらく自明であり、ユングも、セバスチァンが、若く清らかな肉体のまま射殺されるのは、アドニス同様、古代の農耕儀礼の人間犠牲の名残だと書いている。（Jung；"The Symbol of Transfigurations"）

しかしもちろん、こうした民俗学的な解明だけでは十分ではない。セバスチァン伝説のうちにルネッサンス人が見出したものは、歴史の転回点に立つ人々が、同じく歴史の転回点にあった古代世界の崩壊期の中に見出した、もっとも共感を呼ぶ共通の主題であったといえる。それは共通の主題であると同時に、正に対蹠的な、黄昏と黎明のようにちがった主題である。ただその光りの淡さだけが共感をそそるのだ。光りとは、人間性、肉体、官能性、美、青春、力、などの諸要素であり、ルネッサンスが復活しようとしたものは、正にキリスト教内部において、これらの異教的ギリシア的要素が窒息しはじめていた三世紀の、最後の黄昏の光りの中に、同じように見出された。セバスチァンの殉教は、二重の意味を持っているかのようであった。すなわち、この若き親衛隊長は、キリスト教徒としてローマ軍によって殺され、ローマ軍人としてキリスト教によって殺された。彼はあたかも、キリスト教内部において死刑に処せられることに決っていた最後の古代世界の美、その青春、その肉体、その官能性を代表していたのだった。

ダンヌンツィオの戯曲にあらわれるセバスチァンは、キリスト教の殉教者であると共に、異教世界の美青年のすべて、そのアポロン、そのオルフェウス、そのアドニス、そのアンティノウスのすべてを代表している。しかしそのような肉体上の美は、キリスト教の精神世界においては全く無意味であり余計なものであって、彼は殉教者たるには美しすぎる。その美しすぎるところに、この戯曲の逆説がはっきり現われている。体裁としては中世キリスト教霊験劇でありながら、内容は、というよりは戯曲の外貌は、あげてセバスチァンの肉体の讃美に捧げられているのである。世紀末のもっとも官能的な詩人のひとりであるダンヌンツィオが、いかなる霊感を受けて、このような異教的官能的キリスト教宣伝劇を書いたか、その制作動機は問わぬとして、彼はこの戯曲を単なる幻想に基づいた紀元三世紀に設定したのではない。

二

第二の景「魔法の部屋」における占星学、第三の景「偽神の会議」における異教の偶像の洪水は、当時の歴史的社会的背景を忠実に伝えている。

上流階級がストア派の哲学に傾倒していたのに対して、民衆は、東方起源の宗教、エジプトのイシス女神や、地母神キュベレー女神への信仰に走り、さらに、国境守備軍の軍隊のあいだでは、ローマ既存の「不敗の太陽神」が、ミトラの神と同一視されるにいたっていた。

救世主《メシア》信仰においては、キリスト教、キュベレー教、アッティス教、アドニス教、ディオニュソス教、イシス教、オシリス教などは共通の基盤をもち、なかんずく太陽崇拝と結びついたミトラの信仰と、キリスト教との関係も、オリエント的な教養をもつ神官たちによって論じられた。これについては聖アウグスティヌスが次のように証言している。「あるとき、帽子をかぶっている同僚の神官たち（すなわち、ミトラはフリジアふうのボンネットをかぶっていた）が、『帽子をかぶっているものは、キリスト教徒にほかならない』と言っていたのを私は思い出す。」

知識の水準が衰えると共に、信仰と迷信が力を得、紀元三世紀には、哲学は神学に、天文学は占星術に席を譲り、世間は神官・僧侶的な文化を受けいれるのに完全に熟し、自由思想家は存在せず、社会の上層から下層まで、あらゆる人が宗教的か、少くとも迷信的であり、このような古代世界末期の神経障害から、人々は逃避を、霊的な救いを求めていた。そこにキリスト教が都市無産階級のあいだにひろがった理由があった。キリスト教においては、希望はこの世におかれず、来世に置かれたからである。（以上、ウォールバンク「ローマ帝国衰亡史」及び、K・セリグマン「魔法——その歴史と正体」に拠《よ》る。なお、未見ながら、次の如き注目すべき文献がある。

“St. Sebastian & Mithras ; a suggestion” by Alice Kemp-Welch〔London 1915 ; Archaeological Jour 80 Series 2, V. 22, p. 285–297〕

“Die Mysterien des heiligen Sebastian, ihre Quelle und ihre Abhängigkeitsverhältnis” by Gustav Quedenfeldt (Marburg 1895))

M・エリアーデが、その「永遠回帰の神話」のなかで言っていることは、戯曲「聖セバスチァンの殉教」の書かれ方を、よく解き明かしている。

「歴史的事件とか実在の人物の追憶は、せいぜい二、三世紀の間しか民衆の記憶には止まらない。……（やがて）事件の代りにカテゴリーが、歴史的人物の代りに祖型《アーケタイプ》があらわれる。歴史的人物はその神話的モデル（英雄等）に同化され、一方、事件は神話的わざのカテゴリーと一致させられる。仮りにある種の叙事詩がいわゆる『歴史的事実』を保存しているとしても、その事実なるものは決して明確な人物や事件とかかわるものではなく、むしろ制度や慣習、風土とかかわり合うものである。」（堀一郎氏訳）

すなわちこの戯曲を読み、あるいはその上演を見ることによって、われわれは一人の歴史的人物としてのセバスチァンの、神話化と祖型化の現場に正に立会うわけであるが、事はセバスチァン個人のみではなく、第四の景で、キリスト的復活とアドニス的再生がみごとに一致する場面におけるがように、三世紀という一時代全体の、烈しい逃避の欲望と再生の希望とが、セバスチァンの死に託されるのだ。

エリアーデはさらに言う。

「歴史的緊張の数世紀間に、地中海的東方《オリエント》的世界にひろがったグノーシス派、諸学派、神秘思想、及び諸哲学を指摘すれば、歴史を逃避しようとした人々がいかにひろく増大したかを知るに足ろう。……事実、一つの共通した特徴が、このヘレニスム的東方世界を通して拡散された、すべての周期説に認められる。……イザヤの時代以来、一連の軍事的敗北と政治的瓦解が、この世を再生すべきメシア的なかの日々にいたる免れ難き徴候として熱心に待望されてきたのである。」

一方、この戯曲にあらわれる諸国のゆたかな物産は、すでに衰えていたとはいえ、ローマ盛時のさかんな交易の名残に依っていた。エジプト産の穀物や上質のリンネル、シリア産の毛織物、絹織物、およびリンネル、殊にシリア特産の悪鬼貝《ムークレス》からとられる深紅の染料、小アジア産の葡萄酒、乾葡萄、乾無花果《ほしいちじく》、蜂蜜、松露、乾酪、大理石、スペイン産のオリーヴ油と葡萄酒、蜜蠟、瀝青、……そしてすべての地から送られる奴隷と、蛮族の中から徴集される兵士、これらが「聖セバスチァンの殉教」の夥しい小道具表を形づくる。(ウォールバンク「ローマ帝国衰亡史」)

三

ダンヌンツィオは、「聖セバスチァンの殉教」をいかに追跡したか?

第一の景、百合の中庭では、長い一ト幕の半ばまで、セバスチァンは弓にもたれて、ローマ軍人の甲冑姿で、キリスト教徒の責苦を黙視している。突然、彼は告白のあらゆる不利を忘れて、キリスト教徒であることを自ら暴露して、受難の教徒をはげます。そしてこの場で、弓に傷つけられて手に流す血と、天へ放って帰らぬ矢と、燃えさかる薪《たきぎ》を渡って傷つかぬ足との、三つの奇蹟を演ずる。民衆はかくも美しい若者が、自分の美しさを台なしにするようなキリスト教徒であることを惜しみ、怒り、弾劾する。

第二の景、魔法の部屋では、第一の景の告白者セバスチァンに代って、行動者、偶像破壊者としてのセバスチァンが現われる。そして瘧《おこり》病みの娘の手引で聖衣を発見するが、最後にのこされた扉をひらくと、広大な占星術的な異教的宇宙が、新らしい神によって支配の座をとって代られ、そのままの形で新らしい支配者に司られている無上の景観がひろがる。

第三の景、偽神の会議において、やっとこの長い戯曲は劇的対立に到達する。異教的古代世界を代表する皇帝と、キリスト教的新世界を代表するセバスチァンとの対決である。しかしこの対決で、ダンヌンツィオが執拗に皇帝の、セバスチァンの異教的な美を愛惜する未練を追究しているところに、本戯曲の主題が現われていると云ってよい。セバスチァン自身がいかに否定しようとも、彼の外面的な美は異教世界に属し、異教の神たる資格を担っているのであるから、皇帝及び全ローマ帝国は、かれに王権と神位を譲り渡して悔いない気持になっており、このようなセバスチァンの自己否定、自己の存在理由の根本的否定を、決して理解することができない。しかし又、そのような否定の終局的権利は、絶対の異教的青春美の持主自身にしか属しないことも自明であるから、皇帝といえどもその終局的権利に一指も触れることはできず、彼の自己破壊の行為を、はらはらして見守るほかはない。皇帝は自らもっとも愛する古代世界の理想的な美が、崩壊する姿に附合わねばならぬ。皇帝自身がこの異教的古代世界に属しているのであるから、セバスチァンの自己破壊は、実はセバスチァンが自分の肉体によって代表されている古代世界の美の偶像を破壊することであり、ひいては皇帝自らの世界の自己否定、自己破壊に手を貸すことである。従ってセバスチァンは、ただ、「否」「否」と叫ぶことだけで、もっとも怖ろしい攻撃者になるのである。ここにセバスチァン劇の、アイロニカルな悲劇的構造がひそむと云ってよい。皇帝はせめて彼を美しく死なせようとして、花環と黄金の飾りで窒息させるが、やがて部下の射手たちによって救い出される。

第四の景、傷つける月桂樹、で、作者はルネッサンス絵画の殉教の場を再現するが、その殉教がアドニスの死によそえられると共に、伝説にはない新らしいドラマ的要素が加えられている。それはセバスチァンとその射手の間の愛である。射手たちにとってはセバスチァンは美の偶像であり、至上の愛の肉体的形姿であるから、いかに皇帝の命であってもこの偶像を破壊するに忍びないが、セバスチァン自身は、

「より深く俺を傷つける者こそ
より深く俺を愛する者なのだ」

と叫んで、自分に対する処刑を強いる。第二の景における偶像破壊者は、おのれに対する偶像破壊者になり、はからずも、それは射手たちの愛惜の念をこえて、皇帝の命令と深く一致するのである。

ここには二種の愛の、エロスとアガペーの相剋が切羽《せっぱ》つまった形で描かれ、逆説的にも、折角エロスがやさしい形をとっているのに、セバスチァンは、残虐な形をとったアガペーを部下たちに要請する。これは部下たちのよく理解するところではない。セバスチァンにとっ

ては、このような残虐な形をとったアガペーのみが、真にセバスチァンの殉教の栄冠への希求を理解し、彼の死とよみがえりへの熱情を叶えてくれる筈であるが、射手たちは凡庸なエロスに耽《ふけ》っているばかりであるから、ついに彼は隊長として、彼自身に対する処刑を命令する他はないのである。

しかも皇帝はこの場にあらわれないが、美しいセバスチァンを異教世界へ救い出すには、一度アドニスとして殺す他はないことを知っていた。その二種の宗教の、二種のよみがえりの意味は、今やセバスチァンの肉身を通じて、微妙に接近してくる……。

私は全篇のうち、この景の冒頭のサナエのセリフにあらわれる、「最後の馬の白い尻」が薄暮のなか、高架水道のつらなるラテンの野のそこかしこの墓標のうしろへ消えるところが、もっとも好きだ。こちらには殉教者の白い裸像が縛られ、云いようのない悲愴な夕暮の迫るときに、星眼の射手の口から語られるその言葉……。

SANAE Ils sont loin, ils sont déjà loin !
On n'aperçoit plus les chevaux
de la turme. Une croupe blanche
disparaît au détour, derrière
les Tombeaux : le décurion.
Il n'a jamais tourné la tête.

Seigneur, nous allons maintenant
te délier.

そしてセバスチァンの白い古典的な裸身に数しれぬ矢が射込まれて、ついにその「美しい頭部は、香料で磨かれたシンティアの大理石像のようなつややかな肩へ傾きかかる」とき、その肉体の崩壊と共に、古代地中海世界は崩壊するのである。
あとにのこるのは、キリスト教徒としての霊魂のみであり、第五の景、天国、で、セバスチァンの霊はただ勝利の歌をうたう。

四

ダンヌンツィオの霊験劇「聖セバスチァンの殉教」の先行作としては、十七世紀に、Ignace Joseph de Jésus Maria, père (1596-1665) の “......Sur le Martire de S. Sebastien” (1660 ?) があるのみであるが、後にあらわれたものは、一九三二年に、Guido Borsara の “La Passione di S. Sebastiano—dramma dei primi tempi del Cristianesimo in quattro atti” (Vicenza : G. Galla) があり、又、一九五二年に、Edmond Oswald の “Der heilige Sebastian—Dramatische Legende in 4 Akten” (Mulhouse, Edition Salvator) 等がある。

(昭和四十一年九月・聖セバスチァンの殉教「あとがき」・美術出版社)

ワットオの「シテエルへの船出」

一

画の右方には、園の暗い森かげに、花に飾られた古代風の彫像が佇《たたず》んでいる。一本《ひともと》の巨樹の根方に、とてもキュピドンにはなり切れない好奇心にあふれた子供が、優雅な貴婦人の裾につかまって、尋ねるまなざしをあげている。あと十年もたつやたたぬに、彼は恋を恋する小姓、あのシェリバンになるであろう。そこに腰かけているのは、ルウベンスの女ほど豊満でもなく、又大まかでもない、明末清初の影響をうけた支那趣味《シノワズリィ》の美女、ルウベンスよりもずっと繊細な、人形じみた美貌の貴婦人である。女は扇を半ばひらいて、斜めに子供の顔を見下ろしている。しかし実は、彼女が見ているのは子供ではない。寄り添うた騎士の囁きに心を奪われ、目はまだ耳の酩酊に逆らって、わざとあらぬ方《かた》へ向けられているのである。男の囁きは、おそらく一七〇〇年初演のダンクールの喜劇「三人のいとこ」に於ける、村の娘の歌ことばに似ているにちがいない。

…………

来よかし、シテエルの島へ
順礼に、われらともども
……………
そこにてぞ諸人《もろびと》はいともやさしき
逸楽の大事《だいじ》をすなる
……………
この旅に加わらんには
仰山の支度も無用
携えゆくはただ
わが恋と順礼杖と
……………

その順礼杖はすでにかたわらの柔土に横たえられている。この騎士の船出に必要なのはあとはただ恋、優しい承諾の一揖《いちゆう》だけだ。

左の次の一組では、騎士はもう迂遠な慇懃《いんぎん》に見切りをつけ、黒っぽい緑の上着の貴婦人の両手をとって、シテエルへの船出を急《せ》かしている。

ピラミッド型の人物構成の頂点をなす中央の一組は、おそらくレオナルド・ダ・ヴィンチの影響をうけた幽邃《ゆうすい》な神秘的な青い遠景の前に、すっくと立っている。すでに承諾を得た騎士は心もすずろに、女の背に手をまわし、船着場へ下りる道へ歩を進めている。

しかし貴婦人は自分の背後へ最後の一瞥《いちべつ》を投げている。ためらっているのではない。彼女はすでに恋を諾《うべな》った。彼女の前には陶酔と「逸楽の大事《だいじ》」Grande affaire des amusementsが迫り、彼女の背後には、平和な貞潔と穏やかな無為がある。彼女はすでに前者を選んだ。しかしその面《おもて》は背後の平和と無為に、一抹の残り惜しさを以て、訣別を告げているのである。

先へ進む五組には、喜悦の足取と、逸楽への心はやりが、おなじワットオのえがいたあの青衣の「無頓着な人」のように、音楽的な躍動をかれらの姿勢に与えている。そして画面の左端には金色燦然たる船が、今や碇《いかり》をあげんとして乗船を促している。

サウトマンの版画「魚類の奇蹟的牽引」から取られたといわれる若い裸形の舟子《かこ》の姿が、光の中にたかだかと右腕をかかげ、恋の島への航海の水馴れ棹をすでに水底に突き立てている。

キュピドンたちは多忙である。あるキュピドンは船客を促し、ある者は艤装《ぎそう》をいそぎ、他のキュピドンたちは早くも光りかがやく天空に舞い立って、互いに戯れながら、恋の島シテエルへの水先案内をつとめている。かれらの向う天空は金色にかがやき、憧憬と希望に融け入り、いつまでも終らない音楽の翔《かけ》りゆく方角のように思われる。ともするとシテエルへむかう船は、このたゆたう金色の空気に乗り、決してその航跡を水の上に残すことはないのかもしれない。

アントアヌ・ワットオ「シテエルへの船出」1717年　ルーブル美術館

二

プルウストは「画家と音楽家の肖像」の中で、アントアヌ・ワットオを次のように歌った。

(斎藤磯雄氏訳)

……………

いま黄昏は青き外套《マントオ》もて、漠然たる仮面《マスク》の下《もと》に、
樹々と顔とのすべてをば隈取るなり。
人みなの疲れたる口のまわりに接吻《くちづけ》の痕、……
虚空は和《やわ》らぎ、いと近くあり、また逈《はる》かなり。

また愁いにみてる他の遠景に、仮面の群の恋の科《しぐさ》や、
虚偽《いつわり》多き恋なれど、悲しくもまた魅力あり。
詩人の移り気——はた恋する男の細心。
恋は巧みに飾るべければ——
ここに船あり小《こ》昼餉《ひるげ》あり、はた静寂《しじま》あり音楽あり。

……………

「人みなの疲れたる口のまわりに……」とプルウストは歌っているけれど、「シテエルへの船出」には、官能の疲れ、逸楽の倦怠、と謂《い》ったものは片鱗もない。美しい風景の前に立つ

楽人に耳傾ける人たちを描いた別の絵の題名にあるように、「生の魅惑《レ・シャルム・ド・ラ・ヴィー》」が漲《みなぎ》り溢れている。或る純潔で、無垢で、疑いを知らない魂が、逸楽を描いたら、こんな絵になるのではないかと思われるような絵なのである。

こんなに魂をこめて、快楽、恋の駈引、いつわりの恋、伊太利喜劇、というようなものが描かれ、それが画家の唯一の誠実の表示にもなり、詩の具現にもなったということは、一体どういう問題だろう。

人工的な恋なるものは、いつも宮廷生活の主題であった。ラクロの「危険な関係」のような不信の芸術、真の悪徳の芸術が成立するには、人間性の洞察に関する、もはや傷つきようのない絶望的な自尊心が必要である。十七世紀のラ・ロッシュフコオは、十八世紀のラクロを通じて、サド侯爵にまで到達するのである。そうしてパスカルのジャンセニスムから生れた人間悪の研究、人間の自愛による極度の人工的な人間関係の認識は、サドとカザノヴァの十八世紀にいたって、あえてルッソオの示唆を俟《ま》たずとも、おのずからそのアンチテーゼへ、自然の汎神論的認識へ飛躍する。

ロココはその間に成立した。ルイ太陽王の治世の末に生れ、一七〇二年に十八歳でパリへ来たワットオは、生活のために職人的技倆をきわめ、当時の時代の好尚に従って華やかな時世粧をえがき、それがそのままロココの時代をひらき、また彼の後世を拓《ひら》いて、一七二一年七月十八日、宿痾《しゅくあ》の肺結核で死んだ。

絵具箱を携行して、自然をえがきに出かける習慣は、十九世紀以後のものであった。そこでワットオはプッサンなどと同じ方法で、日常手持ちの各種のデッサンを組合せ、一幅のタブロオを組立てた。ワットオの画架には、或る純粋な観念世界の下図があった。そこではとらえがたい透明な感情が、衣裳と仮面をつけて、人工の自然のなかを漫歩していた。

「ここに船あり小昼餉あり、はた静寂《しじま》あり音楽あり」

プルウストよりもっとずっと以前に、ゴンクウル兄弟の「十八世紀芸術」に魅入られたヴェルレエヌは、ワットオの世界を文字に移し、憂愁と倦怠をその都雅に色増しして、「艶なる讌楽《うたげ》」Fêtes galantes を書いた。（鈴木信太郎氏訳）

…………

君の心は　奇《めず》らかの貴《あて》なる風景《けしき》、
仮面仮装の人の群《むれ》　窈窕《ようちょう》として行き通い、
竪琴《たてごと》をゆし按じつつ　踊りつつ　さはさりながら
奇怪《きっかい》の衣裳の下に　仄仄《ほのぼの》と心悲しく、

誇らかの恋　意のままのありのすさびを
盤渉《ばんしき》の調にのせて　口遊《くちずさ》み　口遊《くちずさ》めども、
人世《ひとのよ》の快楽《けらく》に涵《ひた》る風情《ふぜい》なく
歌の声　月の光に　入り乱れ、

悲しく美《は》しき月魄《つきしろ》の光　和《なご》みて、
樹樹に　小鳥の夢まどか、
噴上《ふきあ》げの水　恍惚《さなか》と咽《むせ》び泣き、
大理石《なめいし》の像の央《さなか》に　水の煙の姿たおやか。

…………

またヴェルレエヌは「半獣神」の題下に、恋人同士をみちびく哀愁の順礼と、かれらの未来に待つ禍《わざわ》いとに対して、半獣神の陶像が高らかにあげる嘲笑を歌っている。

しかしワットオがえがいた「伊太利の小夜曲」「会話」「田園舞踏会」「恋の手ほどき」「田園奏楽」「消閑」「或る公園内の集い」「舞踏会の愉しみ」「狩の集い」「伊太利芝居の恋」そして又、この「シテエルへの船出」にも、描かれているのはいつも同じ黄昏、同じ樹下のつどい、同じ絹の煌《きら》めき、同じ音楽、同じ恋歌でありながら、そこにはおそろしいほど予感と不安が欠け、世界は必ず崩壊の一歩手前で止まり、そこで軽やかに休ろうているのである。

何か厳然たる快楽の法則めいたものが、これらの絵の背後には控えている。私がさっきワットオの「透明な観念世界」と云ったのはそのことだったが、そこに描かれた快楽は予定調和のようなものを持っており、後にラクロが悪徳小説を成立させた同じ場所で、ワットオは破滅へ急ぐ心理の運動を放擲《ほうてき》して、別の全く可視的な、光が空気そのものをさえありありと見せる小世界を打建てた。

ジャンセニスムの裏返し、情熱を排除し快楽の純粋な法則に身を委ねることで人間の必然的な悪から脱出すること、こういう音楽的な企図がおそらくロココの精神だった。のちの古典主義や浪曼主義絵画には、必然が露呈され、画面は必然的に終結している。そこには悲劇の結末であれ、幸福な結末であれ、演劇的な帰結がある。しかしワットオの画面には、いつも偶然に支配された任意の或る瞬間が定着され、すべてはさだめなくたゆたい、当然また、人生の関心は任意の些事《さじ》に集中され、主題は恋の戯れの他《ほか》のものを追わないのである。

決して終らない音楽、決して幻滅を知らない恋慕、この同じような二つのものは、前者が音楽の中にしか存在せず、音楽そのものによってしか成就されないように、後者も情念の或る瞬間にしか存在せず、その瞬間の架空の無限の連鎖のなかにしか成就されない。こういうものが、ワットオのえがいたロココの快楽であり、又快楽の法則だったように思われる。

しかしワットオを風俗画から隔絶させているその明澄な内面世界は、おそらく無垢で単純なものであった。画面の人物にも、躊躇、誘惑、猜疑、誹謗といった感情は、ところどころにかすかに流れている。とはいえそれらは、園の池のおもてに時たま落ちる雲の翳にすぎず、支配的なのは、いつも感情の諧和《かいわ》、多くの人物の単一の内面である。溺れるばかりに同じ黄昏の光線に涵《ひた》ってはいるけれど、人々はほとんど語り合わない。伊太利喜劇の人物でさえ、甚だしきは、「会話《コンヴェルサシオン》」画中の人物でさえ、語り合わない。ワットオの絵に耳をすますがいい。音楽や歌はきこえてくるが、会話は決してきこえて来ない。唖《おし》の身振で、思いをこめて、男は女を見つめ、女はあらぬかたを見つめている。ワットオは言葉を描かなかった。このクレビーヨン・ル・フィスの同時代人は、言葉だけが嘘をつくことを知っていたから。

三

「念には念を入れるため、私たちはこの地上で、極楽に足を踏み入れておく」（ラ・ヴェリュ夫人がロココの享楽主義を一言を以て道破した言葉）

…………

芸術の素材がすっかり自らを芸術化してしまっていたこの時代、芝居が舞台をはみ出して日常生活のすべてを包んでいたこの時代、こんなに描かれる対象が人工的なもので固められるとき、画家は何を描けばよいのか。対象が画面を模倣しているときに、画家がそこから自分の画を作り出そうとして、しかも諷刺による歪曲に陥らないためには、どんなことをしたらいいのか。ワットオの傑作の一つ L'enseigne de Gersaint は、幾分この間の消息をつたえている。

それは画商の店頭をえがいた絵で、客の貴婦人や搢紳《しんしん》や店子は鮮明な色彩で、壁にかけられた無数の売絵のおぼろげな背景の前に浮き出ている。しかし背景のひとつひとつの絵は精密にえがかれ、画家はすこしも退屈せずに、それらの多くの売絵の描写から、凡庸さの詩ともいうべきものを、にじみ出させているのである。

あらゆる芸術まがいのもの、生活にまぎれこんだ卑俗な芸術、こういう素材に対するワットオの明澄な態度を、この画ほどはっきり見せてくれるものはなく、しかも意地悪な諷刺の歪みはすこしも見られない。

制作者と鑑賞家との幸福な合致が存在した古典主義の時代は、十七世紀と共に立去った。ロココの時代は鑑賞家が制作者に優先し、思想が趣味と化し、十七世紀の諸理念が風俗に堕ちた一時期である。ワットオはこの時代の前に画架を立てた。感情生活のあらゆる隈々にしみこんだ俳優気取の前で、ワットオの目には、おそらくすべてが比喩のように、ある隠された真情の寓喩のように見えた。このはてしれない戯れは、要するにどんなに真剣な叫びもその一種にほかならない生の寓喩ではないのか。

ワットオの多くの画、あの美しい「生の魅惑」や「或る公園内の集い」までが、寓意を隠した寓意画のように見える。十九世紀ロマンチック絵画の或るもの、たとえばジェリコオの漂流者を載せた筏の絵に、われわれは不快な芝居じみたものを見るが、ワットオの伊太利喜劇の絵には、却《かえ》って裸の生があふれている。ワットオのつつしみ深さが、生を寓意的にしか語らなかったからである。

ここにまた一幅の美しいタブロオがある。La Leçon de Musique. 右には暗い焦茶の服の男が高く掲げたマンドリンを奏で、左には胸に薔薇をつけた白衣の女が歌の本をめくっている。それは実に、絵の左方に楽器を奏でる男が立ち、右方に歌の本をめくっている女のいるLa Leçon d'Amour と同じ画材なのだ。「音楽の手ほどき」と「恋の手ほどき」とは同じものであった。人工のもの、人から与えられたものなる楽譜があり、歌詞があり、同じものとして恋心があった。それは伊太利芝居の恋の場面で、人から与えられた台詞を、俳優が朗誦しているのと同じことなのである。

こういう世界で音楽や歌や舞踏を描くことは、人間感情を直接にえがくことと同等の意味があった。言葉は何ものでもない。芸術に媒介された真情のほかに真情はなく、音楽のなかにしか存在しない感情が、人間感情のすべてを代弁する筈だ。ワットオの絵を寓意画と私が呼ぼうとしたのは、彼のえがく世界のこの二重の構造を、どう呼んでよいか迷ったからであった。

四

古典主義時代のあの普遍への欲求、あらゆる情念を個性から離れた情念それ自体として描きうると考えた抽象精神、そういうものから一人の画家の天才が見事に身をかわした。彼はロココを拓く。そして十七世紀の主知主義が完全な美術的表現を獲得するのは、意外にも一世紀を隔てたナポレオン時代のダヴィッドに於てである。

ワットオもおそらく、人性批評家《モラリスト》の信じたような、人間の元素ともいうべき各種の純粋な情念の存在を信じた。しかし画家の目には、どうしてもそれらの情念が、緋や緑や純白の絹の衣裳をつけ、あるいは扇を、あるいは楽器を携え、仮面をつけて、樹下を逍遥している姿にしか見えなかった。

彼は見えるままの幻を、構成し、画布の上に定着する。彼は個性のない愛らしい繊細な女の顔をえがき、恋に余念のない多少薄馬鹿にみえる男の顔をえがき、かれらの衣裳にふりそそぐ木洩れ陽の明暗や、絹の煌めきを丹念にえがく。すると定着されたその瞬間に、衣裳の下の各種の情念は雲散霧消してしまう。画家の単一な魂がそれらを総括してしまうのだ。ロココの世界は、画布の上でだけ、崩壊を免かれるのだった。なぜならワットオのように輝やかしい外面に憑かれた精神は、それ自身の運動によって崩壊してゆく内面的な危機から免かれていた。描かれおわった瞬間に各種の情念は揮発して消え、あとには、目に見える音楽のようなものだけが残った。

衣裳の下から、重い鬘《かつら》の下から、この画家の手によって消し去られた情念のあとの空白を、総括する画家の詩心は、そのあらゆる空白に詩を漲らす。それは画中の画、詩のなかの詩ともいうべきもので、ワットオは決して抒情的に詩情を描いたり詩を詠《うた》ったりしたのではなくて、画家の目を以て、まさに詩——、光のような透明な芸術作品——、を描いたのである。十九世紀末の象徴派詩人がワットオに共感を寄せたのは、理由のあることである。

五

それぞれの芸術のジャンルは、それぞれの表現の機能と職分を持っている。もしワットオが画家でありながら、詩や音楽のような画を描いたと云ったところで、褒め言葉にもなりはしない。重要なのは、彼が詩のような画を描いたことではなくて、詩そのものを描いたことにあると云ったほうがいい。

セザンヌの描いた林檎《りんご》は、普遍的な林檎になり、林檎のイデエに達する。ところがワットオの描いたロココの風俗は、林檎のような確乎たる物象ではなかった。彼はそのあいまいな対象のなかから、彼の林檎を創り出さなければならぬ。ワットオの林檎は、不可視の林檎だった。

実際この画家の、黄昏の光に照らし出された可視の完全な小世界は、見えない核心にむかって微妙に構成されているようにも感じられる。この画家の秘められた企てに、画中の人物は誰一人気づいていない。気づかれないほどに、それほど繊細に思慮深く、画家の手は動いたのだ。その企図がわずかながらうかがわれるのが「シテエルへの船出」なのである。

シテエルの島の画材は、ワットオの独創ではなかった。当時の職人的な画家の一人デュフロオは、すでに恋の島シテエルの愉楽をえがいた版画を物していた。のみならずこの島への船出の誘惑は、当時の喜劇にたびたび見られた主題である。

ワットオがこの一枚の傑作に費した準備は永い。恋の一組一組のデッサンは、ブリティッシュ・ミュージアムや、各地の各種のコレクションに散逸している。又彼は「シテエルの島」や、「シテエルの逸楽」を描いた。そして、幾多の習作は、「シテエルへの船出」(1717) に集中し、「シテエルへの船出」の画面は、金色の靄《もや》のかなたのシテエルの島へむかって集中しているのである。

キュピドンのみちびいてゆく彼方には、たしかにシテエルの島がある。しかしそれは今は見えない。

黄金の靄の彼方に横たわる島には、(ワットオを愛する者なら断言できるが)、おそらく幻滅やさめはてた恋の怨嗟《えんさ》は住んではいず、破滅の前にこの小世界をつなぎとめた鞏固《きょうこ》な力が、おそらくその源を汲む不可思議な泉の喜悦が住い、確実なことは、その島に在るものが、「秩序と美、豪奢《おごり》、静けさ、はた快楽《けらく》」の他のものではない、ということである。

（昭和二十九年六月・芸術新潮「ワットオ《シテエルへの船出》」）

ギュスターヴ・モロオの「雅歌」——わが愛する女性像

浪曼派絵画で、男性的な雄渾なドラクロアと、女性的な典雅なモロオとは、共に私の敬愛する画家だが、テオフィル・ゴーティエの小説の女主人公や、フロベールの「サランボオ」を思わせる絵すがたは、モロオのものだ。この絵でも、近東風の物憂い官能性、典雅な淫逸《いんいつ》、肉体の抒情と謂《い》ったもののあふれるばかりの女人像は、そのきらびやかな宝石のきらめきと相俟《あいま》って、しばし観る者を夢幻の堺へ誘う。マスネエの音楽も耳にひびいて来るようで、いわば最も贅沢《ぜいたく》な「二流芸術」の見本だ。大体、二流のほうが官能的魅力にすぐれていることは、ルネッサンス画家でもギド・レニを見ればわかることで、私の好きなのも正直その点である。

（昭和三十七年四月二十三日・婦人公論増刊）

ダリ「磔刑の基督」

私はダリの近年の聖画が好きで、ワシントンのナショナル・ギャレリーにある「最後の晩餐」と、ニューヨークのメトロポリタン・ミュージアムにあるこの「磔刑《たつけい》の基督《キリスト》」と、どちらも同じ程度に好きであるが、複製としての効果から考えて、構図も単純、色彩も明確な「磔刑」のほうを選んだ。「最後の晩餐」の細部、たとえばコップの中の葡萄酒などの澄んだ神聖な美しさは、目もあやであるが、残念ながら、複製では十分の一の効果も出ないようである。

「磔刑の基督」は、一九五四年に描かれたものであるが、メトロポリタン・ミュージアムでは破格の待遇を受けて、いつもその前にはお上りさんが蝟集《いしゆう》している。

むかしのダリから考えると、ダリがカソリックになって、抹香くさい絵を描くことになろうとは、想像の外であるが、なるほどそう思ってみると、初期のダリに執拗にあらわれる澄明な空の無限のひろがり、広大な背景のパースペクティヴには、いつかその地平の果てから、聖性が顕現せずにはおかない予感のようなものがあった。又、ダリの、ルネッサンス絵画やオランダ派の静物画などからの、緻密な写実の勉強には、いつかは、そういう技法の百パーセントの活用を求める素材につき当りそうなものがあった。そういう点から考えると、ダリの聖画は少しもふしぎではない。

この「磔刑の基督」は、刑架がキュビスムの手法で描かれており、キリストも刑架も完全に空中に浮游して、そこに神聖な形而上的空間ともいうべきものを作り出している。左下のマリヤは完全にルネッサンス的手法で描かれ、この対比の見事さと、構図の緊張感は比類がない。又、下方にはおなじみの遠い地平線が描かれ、夜あけの青い光りが仄かにさしそめている。

キリストは顔が見えないが、無髯《むぜん》のうら若いキリストで、その肉体の描写にも、中世紀的な精神主義は一切顔を出さず、むしろアメリカ的な肉体主義を思わせる青春のすがすがしさに溢れている。このキリストはついさっきまで、現代の大工のジン・パンを穿《は》いていたという感じさえする。それが多くのアメリカ人を感動させる一要素かもしれず、この精神分析に詳しい画家は、現代になお生きるメシア・コムプレックスを狙ったのかもしれない。

（昭和三十七年八月・マドモアゼル「ダリ『磔刑の基督』――私の好きな近代絵画」）

ダリ「最後の晩餐」

サルヴァドル・ダリの「最後の晩餐」を見た人は、卓上に置かれたパンと、グラスを夕日に射貫かれた赤葡萄酒の紅玉のような煌《きら》めきとを、永く忘れぬにちがいない。それは官能的なほどたしかな実在で、その葡萄酒は、カンヴァスを舐《な》めれば酔いそうなほどに実在的に描かれている。それならカラー写真の広告でも同じだと云われそうだが、実在の模写の背後に、あの神聖な、遍満《へんまん》する光りの主題があるところが、写真とはちがっている。その光りの下で、はじめてダリの葡萄酒はキリストの葡萄酒たりえているのである。

吉田健一氏の或る小品を読むたびに、私はこのダリの葡萄酒を思い出す。単に主題や思想のためだけなら、葡萄酒はこれほど官能的これほど実在的である必要がないのに、「文学は言葉である」がゆえに、又、文学は言葉であることを証明するために、氏の文章は一盞《いっさん》の葡萄酒たりえているのである。

（昭和四十三年七月・吉田健一全集9帯「ダリの葡萄酒」・原書房）

ダリ「ナルシス変貌」

サルヴァドル・ダリの絵に「ナルシス変貌」というのがある。頭を垂れたナルシスの水に半ばひたした体が、水仙の球根に化身してゆく絵である。ダリの清澄な色彩は、早春の凜烈《りんれつ》の気をあますところなく表現し、あれほど早春というものの神々しい悲劇性と青春のはかなさを表現した絵を、私はほかに知らない。すべて早期のものには、脆《もろ》さと清らかさと稚拙がまつわっている。ルネッサンス初期の作品もそうであり、ギリシア古典期以前の彫刻もそうである。しかもそこには脆い強さともいうべきものがあって、爛熟期のものには見られぬ真情が息吹いている。水仙という花には、それらが結晶している観があるが、口の悪い丸山明宏君などは、或る己惚《うぬぼ》れ屋の悪口を言って、「あんなのは水仙《ナルシス》は水仙でも、多磨墓地のお墓の前の竹筒の中でしおれている水仙よ」と言っていた。これは私のきいたもっとも洒落た悪口の一つである。

（昭和四十四年三月・婦人画報「月々の心――早春」）

未聞の世界ひらく

二十世紀後半の芸術は、いよいよ地獄の釜びらき、魔女の厨《くりや》の大公開となるであろう。今までの貧血質の美術史はすべて御破算になるであろう。水爆とエロティシズムが人類の最も緊急の課題になり、あらゆる封印は解かれ、「赤き馬」「黒き馬」「青ざめたる馬」は躍り出るであろう。この時に当って、マニエリスムの再評価は、われわれがデカダンスの名で呼んできたものの怖るべき生命力を発見し、人類を震撼させるにいたるであろう。図版も目をたのしませ、訳文はきわめて的確、一読われわれは未聞の世界へ導き入れられる。

(昭和四十一年二月・グスタフ・ルネ・ホッケ作　種村季弘　矢川澄子訳「迷宮としての世界」函・美術出版社)

ビアズレー、ビビエナ、エッシャー

いわゆる泰西《たいせい》名画でなくて、十八世紀、十九世紀、二十世紀の、舞台装置や挿絵やグラフィック・アートから、選んでみた。

①　オーブレエ・ビアズレーについては言うまでもあるまい。十九世紀の世紀末芸術の華であり、ワイルドの「サロメ」の挿絵で有名だが、この「神秘なる薔薇の園」は、当時の機関誌イエロー・ブックに収載されたもので、一見受胎告知の天使のようだが、処女も天使も悪徳と冷艶の結晶のように描かれている。

②　ジュゼッペ・ビビエナは、十八世紀の舞台装置家で、北イタリアの劇場の背景画は当時、このような精密きわまる職人芸の、遠近法を極度に活かした手法で描かれていた。舞台の奥行が甚だ深いという利点の上に載ったものでもあるが、日本の舞台装置にもっとも欠けている技術のお手本がこれである。

③　二十世紀のグラフィック・アーティストのうちで、このM・C・エッシャーほど不気味な画家はない。その画の多くは欺《だま》し絵で、この絵もよく見れば見るほど、次元が混乱して、頭がおかしくなってくる。このオランダ人のもっとも斬新な発明には、同時に、オランダ派

静物画のふしぎな怖ろしい静けさの伝統がのこっている。

（昭和四十二年四月十日・批評「三島由紀夫の幻想美術館」絵画説明）

デカダンス美術

大蘇芳年と竹久夢二、デシデリオとビアズレイ、という組合せは、年代も場所も超越したふしぎな混淆《こんこう》のように思われよう。芳年（一八三九―九二）、夢二（一八八四―一九三四）、デシデリオ（一四二八？―六四）、ビアズレイ（一八七二―九八）と並べてみると、デシデリオだけは遠い時代に孤立して生きている。

しかし、この四人の画家を選んだのは、そこに共通する或る衰弱、或る偏執のためである。もちろん、四人のうちでもっとも穏和なのは夢二であろう。その夢二とて、ビアズレイと共通する或る無道徳な目に欠けていなかったことは、ここに掲げた一葉を以てしても推察されよう。

ここには、阿片窟のものうさ、けだるさ、現実剥離の状態が、世にもやさしく、抒情的に、そう云ってよければ清潔に描かれている。もちろんこういう甘い抒情は、その何割かが商業的なものである。しかし、いつも晩春のネルの着物のような、微熱のあるせいか、気候のせいかわからない、或るものうい熱意が彼の生理の形であった。

夢二はおそらく、ビアズレイの、鋭い、のめり込むような頽廃から影響を受けたであろうが、そこには大正文化の中庸的感受性への妥協があって、その作品は決して、悪魔的な深まりも、毒々しい諷刺も持つことがなかった。

大蘇芳年の飽くなき血の嗜慾《しよく》は、有名な「英名二十八衆句」の血みどろ絵において絶頂に達するが、ここには、幕末動乱期を生き抜いてきた人間に投影した、苛烈な時代が物語られている。これらには化政度以後の末期歌舞伎劇から、あとあとまでのこった招魂社の見世物にいたる、グロッタの集中的表現があり、おのれの生理と、時代の末梢神経の昂奮との幸福な一致におののく魂が見られる。それは、頽廃芸術が、あるデモーニッシュな力を包懐するにいたる唯一の隘路《あいろ》である。

ビアズレイについては、贅言を要しまい。

この「僧正」の絵は、著名な「サロメ」や「リュシトラーテー」と比較して、線の立てこんだ、明晰さに欠けた、むしろ初期作品のムーディーなものの痕跡を思わせる作品であるが、私がもっとも愛好する作品である。この蒼ざめた傲慢、衰弱の王権とでもいうべきものに、ビアズレイの本質があるのではないか。これが私には、ビアズレイの自画像のように思われて仕方がない。

デシデリオの名は、澁澤龍彦氏に教わり、作品も亦《また》、氏によってはじめて見せられた。この崩壊の感覚は、ヨーロッパのデカダンスの世界崩壊の感覚の、もっとも象徴的かつ具象的表現である。大建築の大崩壊という夢に一生憑かれたこの特異な画家の目は、ヨーロッパというものの、あるべき滅亡の姿が、常住《じょうじゅう》如実に映じていたにちがいない。そしてその大建築はつねに無住であるが、彼はともすると、文化の崩壊に先立つ、人間の消滅を予感していたのかもしれないのである。

（昭和四十三年六月・批評）

俵屋宗達

宗達は大胆小心の見本のような男だったと思われる。その構図の奇抜さ、大胆さ、破調が、色彩や、細部の工夫によって補われて、そこにはいわば、剛毅な魂と繊細な心とが、対立し、相争うたまま、一つの調和に達している。装飾主義をもう一歩というところで免かれた危険な作品。芸術品というものは、実はこんな危険な領域にしか、本来成立しないものだ。

宗達の「風神雷神」や「舞楽図」における奇怪な仮面の舞踏には、扇面の「田家早春」の有名な藁屋と同じ、激越でいて静的なものがあり、宗達の対象に対する関心には、繊細な扇面から藁屋をはみださせ、大幅の裡《うち》に風神雷神を見事に納めるような、或る意地悪な関心がひそんでいた。

静物を描いて静けさの本質を描きだすこと、動きを描いて動きの本質を表現すること、そういうことはおそらく宗達の念頭にはなかった。彼の描いた対象の性質は相対的なもので、画面には描かれる位置によって、対象は自由にその性質を変えるのだった。たとえば扇面からはみ出すような藁屋はぬうっと動き出しそうであり、風や雷をおこして狂奔している魔神は永遠に静止している。

宗達の作品における空間の広大さ、たとえば、「舞楽図」の金地や「風神雷神」の金地の天空などは、いわゆる東洋画の余白の効果とはちがっている。そこには暗示にたよったようなものは何一つなくて、空間は充実しており、意味に充ちており、フレイムの中に完全に納まっている。彼の空間感覚は、象徴主義や哲学には縁がなく、どんな精神主義とも無縁で、描かれた対象と対象とを緊密につなぐためにだけ働らいた。そしてそれがそんなに広くみえるのは、対象の性質を自由に変えることができるという彼の強大な自信から出ている。「舞楽図」が描いているのは舞踏ではない。又舞踏する人間でもない。それは執拗に組み立てられた構成的世界で、そこでは色彩と形態が、形態と金いろの空間とが嬉戯《きぎ》している。しかし宗達は決して抽象主義を知らなかったし、たとえ知っていたとしても、彼は事物を抽象化することよりも、空間の裡に命ぜられるままの形で嵌《は》め込まれる事物の、一瞬の嬌態《きようたい》のほうを愛したであろう。

「舞楽図」を見ていると、宗達が桃山時代の金碧障屛画《きんぺきしようびようが》のような豪奢とは別なところに発見した豪奢というものが響いてくる。「舞楽図」の単純化された豪奢は、まさに飛切りの豪奢である。ここには衰弱した趣味もなければ、貧血症状もなく、成金の多血質もなければ、禅坊主のドグマもなく……要するにもっとも均衡のとれた豪奢があって、それこそ豪奢の本質だとわれわれは気がつくのである。宗達の作品には、趣味のよすぎるもののもつ弱さがない。色彩はわれわれの平均的な感覚をなごやかにしずめ、決してそれに抵抗感を与えたりしない。そこにはまた初期肉筆浮世絵のような野性的な肉感もない。

それでも金地の上にひるがえる還城楽《げんじょうらく》と羅陵王《らりょうおう》の緋いろの裾は、豪奢としか言いようのないもので、日常的な美感を踏みにじっている。その緋いろはしかも、左端の四人の舞人の冠り物や袴に小さく鮮明にくりかえされ、右方の舞人の裾にはちらと閃めき、右端の白衣の袖口や面の紐に点綴《てんてい》され、右端下方の火焔太鼓では繊細な焔になって燃え立っている。そういう風にして、金地と緋いろの対比が、金地と白の対比、金地と紺いろの対比などとそれぞれ照応して、音楽的な色彩構成を成立たせているが、そのような対比と照応の効果は、結局、画面の単純化と、ゆたかな空間のおかげで成就されたものである。この画面は実に明晰で、人間の目が識別しえないようなものは何一つない。混沌は排除され、濫費は抑制されている。

宗達が見たものの、こんな明晰な豪奢は、一体装飾の役に立ったかどうか疑わしい。人の目をくらませ、不透明にさせるための装飾効果は、宗達の画中には求められない。それはありありと見え、ありありと手にとられるが、こんな絵の前では、どんな目、どんな手も貧しく見えてしまい、桃山屏風のように地上の宴楽の背景をなすわけには行かないのである。彼の孤独な個性の贅沢三昧の姿だけが、そんな明晰な画面からはっきりのぞかれて来るので、われわれは宗達を近代的な画家の一人だと思ってしまうのである。

（昭和三十二年七月・「宗達」原色版美術ライブラリー114「宗達の世界」・みすず書房）

Ⅵ　肉体と美

青年像

「西洋美術史から青年像を八点選べ。しかもなるべく常識的な選択でなく」ということになると、いかにも楽な選択のように思われ、ミケランジェロの「ダヴィデ」やロダンの「青銅時代」のような、誰でもすぐ選びそうなものを除外しても、選択は立ちどころにできそうに思われた。

ところが、これが案外難物なのである。青年というものは、古典期の彫刻の素材としては実に頻繁に用いられたが、それにはそれなりに、青年を重んずる古代文化の背景があり、その後、美術史上の「青年の時代」というほどの決定的なものはない。大体、円滑な女性の肉体は色彩を伴って絵画に適し、男性の肉体は造型の厳しさによって彫刻に適するというのが当り前の考えだが、青年像の盛衰は、彫刻芸術の盛衰と関係があることは確かにしても、それだけではない。

美や理想を表現する素材として、どうしても青年の肉体を借りなければならぬという強い要求なり必然性なりがなければ、よき青年像はあらわれにくい。これに反して、文学では、青年像は枚挙にいとまないほどであり、むしろ少年像、中年像、老年像を選ぶほうが難かしいのである。

ここには当然、「青年とは何ぞや？」という認識の変遷があらわれている。青年なるものが、内面的に興味ある存在であるという認識からは、文学が生れる。殊に小説というジャンルでは、青年の内面の未完成と不均衡から来る感情の力学が、小説をダイナミックに展開させるヒーローとして好適な資格をなし、小説というものの動態的性格から、青年のヒーローが簇出《そうしゅつ》したわけであるが、これもヒーローそのものが小説から重んじられなくなるにつれて、青年の位置も亦《また》低まってゆく。二十世紀文学ではプルウストの小説の主人公は単なる傍観者・話者であるし、ヴァレリーの「テスト氏」も、サルトルの「自由への道」も、分別ざかりの男を主人公にしている。一定量の無知と力を以て、時代と正面衝突をするような青年のヒーローは、すでに飽きられてきたのである。

これに反して、青年が外面的に美的評価をされる時代といえば、古代地中海世界しか思い浮ばない。青年像というものを、ヴィンケルマンがいうように、「高貴なる単純と静かなる偉大」の理想的形姿としてとらえるには、その背後に、特別の肉体美崇拝の文化を必要とする。しかるに古典期以後の人間は、青年の内面が「高貴なる単純と静かなる偉大」とはおよそ隔絶しているという認識を身につけてしまったのである。そこに男性である芸術家の自意識の発生と、自意識による歪曲を見つけだすことは容易である。

しかし、古代地中海世界の伝統は地下水のようにヨーロッパ人の心の底を流れ、中世には全く姿を隠していたのが、ルネッサンスにいたって盛大によみがえり、その後擬古典主義の何度かの反復が見られて、現代の具象絵画のうちにさえ、一抹の影を宿している。

それは、青年像に、或る内面的比喩を与えようとする再三の試みである。古典期の彫刻はそうではなかった。そこにはほとんどいかなる内面性の寓喩もなかった。しかしルネッサンス以後の青年像には、或る理想、或る観念、或る情念等を造型美術として表現しようとする際に、その理想、その観念、その情念が、どうしても女性の姿を借りては表現しにくく思われるときに、男性の青年像を借りるという新しい慣習が生れた。ロダンの「考える人」のごときは、彫刻芸術におけるこの種の考え方の最後の精華であり、プラトニズムの正反対である。

すなわち青年像におけるかつての純粋音楽は標題音楽に移り変ったと云ってよい。そのとき、時代が何らかの男性的理念の要求を持つ場合には、(たとえば戦争)、青年像が数多く作られ、時代にそのような要求がなくても、芸術家の個人的希求によって、青年造型の契機が生れることもあるが、現代の趨勢は、造型美術におけるリアリスティックな第二次性徴の表現が、だんだん顧みられなくなる傾向にあるともいえよう。ということは、芸術家の言わんとするところが、そうした表現では包みきれないほど曖昧《あいまい》微妙になり、少くとも性的特徴の与える一種の官能美が、邪魔物扱いにされてきたのである。

これは、性そのものが抽象主義の裡《うち》に溶解されつつある時代とも照応している。性について語ろうとすれば、性的表象そのものが邪魔になるのだ。そして、性について語ろうとしなければ、ますます邪魔になるのだ。このことは、美術における女性にせよ男性にせよ、人体の写実的表現を通過した美の普遍性というものが疑われてきたことによる。肉体の写実的表現、青年像なら青年像のその写実的な青年らしさは、もはや何ら普遍性と関わりのないものとなった。それればかりではない。何ら、内面の寓喩とも、象徴とも、関わりのないものになったのである。

現代文化における肉体の不在の意味は、肉体的精力の衰退ではなくて、肉体表象の普遍性の衰退なのである。展覧会で、手をあげて宙を睨んでいる青年の裸像に、「希望」とか「理想」とか名附けられているのを見れば、われわれはもう吹き出さずにはいられない。そこにあるのは、どこかから安く雇ってきたモデルの、個別的具体的な裸像のいささか芸術的な表現にすぎず、そこから普遍性と一般妥当性を類推するほど、われわれは肉体というものの精神的性格を信じてはいないのだ。肉体を透かしてイデアを透視するプラトニズムは、現代からは甚だ遠い哲学になった。われわれは、(青年をも含めて)、この世界にただ個々ばらばらに置かれているだけなのである。

肉体の有機性さえあいまいになっている現代では、有機体を美的に無機化して第二の永遠の生命を与えるという、彫刻芸術の熾烈な情熱は滑稽なものになった。そのような芸術制作上の稔《みの》り多いパラドックスが無用化したのである。

私は現代(と云っても世紀末だが)から、ただ一つモローの「若者と死」を選んだ。この、いささかヘルマフロディットめいた青年像の含むものしずかなデカダンスのうちに、青年像そのものの一種の鎮魂曲《レクイエム》を聴いたからである。

——以下、一枚一枚について絵解きをしてゆくが、ルネッサンス以来の習慣に従って、本来純粋音楽的な古典期彫刻をも、標題音楽的に扱った恣意をおゆるしねがいたい。私はこの八枚の選択によって、青年期の諸特性、「闘志」「勝利」「苦悩」「理智」「悲壮」「安逸」「英雄」「憂鬱」の八特性を代表させたつもりである。

(1)闘志（円盤投げ）

この有名な傑作については、今更喋々《ちょうちょう》するまでもあるまい。円盤投げの準備動作のそのままの写実のようだが、これほど青年の闘志が優雅に表現されたことはなかった。ゆたかな自信にあふれ、完璧なフォームを描きながら、眼も四肢もすべてが自分の投げようとする円盤に集中しているさまは、青年の闘志が自己放棄と結びついているときに最も美しいということを暗示している。この青年に、かくも優雅で美しい姿勢をとらせているものは、思想でもなければ夢でもない。一個の手ごたえのある円盤なのだ。この世界の中で、一個の目的ある円盤と、みごとな肉体とを、二つながら所有している青年の幸福は完全である。そしてその幸福のなかに静かに漲《みなぎ》っている闘志が、この世界で最も幸福な青年を、世界で最も青年らしい青年にしているのである。

(2)勝利（青銅馭者像）

かつてデルフォイの美術館で、この像に対面したときの感動は忘れがたい。下半身が長すぎるように見えるのは、そこを隠していた車駕が、今は失われたからである。いうまでもなく、車駕競走の勝利者の像である。

チャリオティアーの英雄視は、後代、ローマの闘技士時代にまで保たれていた。ローマでは、人気高いチャリオティアーが競技中に死ぬと、その火葬の焔に身を投げて後を追ったファンがいたほどである。

それは余談だが、このデルフォイの馭者像で、私がもっとも搏《う》たれるのは、勝利に傲《おご》らぬ青年の謙虚な晴れやかさである。その凜々《りり》しい澄んだ目は決意を秘めているが、彫刻家は、競技中の緊張のこの集中、この澄んだ独楽《こま》のような集中のみが、真に勝利をモニュメンタルなものにし、青春を不朽なものにすることを知っていたのであろう。

(3)苦悩（瀕死の奴隷）

中世の桎梏を脱しようとして苦しむ若きルネッサンスの象徴として知られている、このミケランジェロの傑作は、青年の超脱的な苦悩とその敗北の悲劇的な運命とを、いつの時代にも妥当するように造型している。

ここでは、青年の苦悩が真向からとらえられており、深い精神的苦悩が、たとえばラオコオンのように、直ちに肉体的苦悶として表現されているのではなく、死を前にしてたゆたう生の憂《うれ》わしい不安な倦さという感じにあらわされている。しかし顔の表情は、平静で、覚悟に充ち、肉体はほとんど無意識に身悶えしており、しかもその全身には不安と苦痛の音楽的律調というものさえ感じられる。内的な力強い苦悩が、外的にはものうい優雅な不安に化している。

青年の苦悩は、隠されるときもっとも美しいということをこの像は語っているように思われる。形は裸像だが、これほど深く何かを秘し隠している青年像はめずらしい。

(4)理智（手袋をもつ男）

ティツィアーノのこの肖像画は、どうしてこれほどまでに有名なのだろうか。私は、女性像としてのモナ・リザと反対に、青年の肖像画として、青年の理智的な明晰さ、全く謎を持たない深みを、これほど豊かに描いた肖像画はないからだろうと考える。

この貴族的な青年の、前髪に隠された白皙《はくせき》の額、知的な澄んだ瞳は、彼を、およそ北方的な晦渋《かいじゅう》な瞑想とは縁のない、ラテン的な明るい柔軟な理智の化身のように見せている。静かに青年は何かをじっと見つめているが、見つめているのは彼の内部に決っており、しかもその内部は暗黒な謎に充たされた混沌ではなくて、鏡の中の彼自身の像を見るように、ちゃんと形の整った内面なのだ。この青年には魂の疾風怒濤はあるまい。あるのは、正しく組み立てられた構造的な人間理性と、それから、やや冷たい感情だけなのである。

(5)悲壮（聖セバスチァンの殉教）

数ある聖セバスチァンの殉教図の中から、人にあまり知られていないこの一枚を選んだのは、このセバスチァンに限って、ローマ兵士の粗野な骨格に、「何糞ッ」といいたげな不屈な表情を持しているという点で、甚だ異色なものだからである。聖セバスチァンは、豊麗な美青年の肉体と、法悦と恍惚の表情を以て描かれるのが普通である。

しかし、現世的な悲壮さの表現としては、このセバスチァンは、死に臨んでも屈しない青年の意気をよくあらわして、必ずしもセバスチァンでなくてもよい、理想に殉じて殺される青年の悲壮美を代表している。思えば、精神的な崇高と、蛮勇を含んだ壮烈さというこの二種のものの結合は、前者に傾けば若々しさを失い、後者に傾けば気品を失うむつかしい画材であり、現実の青年は、目にもとまらぬ一瞬の行動のうちに、その理想的な結合を成就することがあるが、美術的表現はそのどちらかへ傾きがちだ。

(6)安逸（バッカスの勝利）

今までの五枚には決してあらわれていなかった青年の別の側面、すなわち、安逸、遊惰、快楽に耽溺して、しかも勝利に充足している青年像がここにある。

そこには精神的なもの（精神の北方的なもの）はみじんもない、肉、生、快楽、の充溢の裡にある青春が描かれており、青春が青春自身に充ち足りて、時計の針もとまり、時は永遠に明るい午後にたゆたい、生は完全に蕩尽《とうじん》されている。目は何ものも語らず、腹はたるみ、しかし青年の力は、無限につづく快楽を片っぱしから呑み干してしまえるほどに強い。だから人々はこの青年のまわりに拝跪《はいき》して、きづたの葉の冠をかぶせてもらい、永遠にバッカスにあやかろうと念じているのである。

(7)英雄（ナポレオン・ボナパルトの肖像）

もし「英雄」という題を与えられて、架空の英雄の肖像画を描け、といわれたら、画家はどんなに困惑するだろう。英雄は必然的に有名であり、すでに人々が彼について既成概念と伝説を作っており、そうして作られた英雄像に影響されて、又、後代の英雄が出てくるのであるから、肖像画家は、できあがった英雄のモデルを理想化して描けば、それで「英雄」を描いたことになる。アレキサンダー大王は、アキレスを自ら模して、英雄アキレスたらんとした英雄だった。

しかしこのナポレオンの肖像画には、青年としての英雄の、不安と情熱と悲劇的運命がみごとに浮彫りされている。そのとき肖像画は予言的な力を持つのである。もしこれを、一人の英雄の肖像画としてでなく、一人の青年の肖像画として眺めるなら、そこには若いロマンチック詩人の心の霧のような不安が忽《たちま》ち立ちこめてくるにちがいない。

(8)憂鬱（若者と死）

青年のメランコリー、その背後に迫る死の影によって、却《かえ》って微光を放つようにみえる青春……、モローはこういう青年像を数知れず書いた。その青年像は、白蠟のように美しく、しかも青年特有の野蛮な力を悉《ことごと》く抜き取られている。若いジェリコオ、好きな乗馬のため落馬して死んだジェリコオをモデルにしたと云われるこの青年像は、以上の八枚のうちでも、もっとも不吉、もっとも薄命な青年像と云えるであろう。

それは又、薄明のうちにあらわれ、朝の光りと共に掻き消された暁《あけ》の明星のような、世紀末芸術の一時代の運命をも暗示している。そのころには、まだロマンチックの余映の蒼ざめた青年たちが生きていた。その青年たちは死んだ。そしてそのあとから、元気な、血色のよい、しかし芸術に興味を持たない、新らしい実務的な時代の青年たちが登場して来たのである。

（昭和四十二年二月・芸術新潮）

自邸を語る

庭のアポローンの像について

庭の中央に古代彫刻を置こうというのが、一九六一年の伊太利旅行の主な目的であったが、探してみるとオリジナルは高くて手が届かず、国外持出もむずかしく、困り果てているところへ、ＦＡＯの蜂谷洋三郎氏のお世話で、ローマ・アッカデミアの元大理石教授ジョヴァンニ・アルディニ氏のアトリエを訪れることができた。氏はたまたまローマ市所蔵のアポローン像の修復をたのまれていて、その原像がアトリエにあったので、コピイをお願いして日本へ帰ったのである。純白大理石のそのコピイが日本へ届いたのは、半年後で、七百キロの像の運搬設置には二十人の人手を要した。さすがに気品のあるコピイで、ローマのコピイ屋などの下品な制作とは比べものにならぬ。いくら見ていても飽きが来ない。氏は老境にあって、これが氏の最後の傑作だろうと言われているのも肯ける。

私は厳寒の季節にも、このギリシアの光明神と対峙して、日光浴をする。スモッグに包まれた東京の日光も、ひとたびアポローンの肩をよぎれば、浄化されて、静穏《せいおん》な調和の光りと変ずる。これこそ生活にとけ込んだ美術品というべきで、私はどんな意味でも、ただの鑑賞家や美術愛好家ではない。アポローンの永遠の青春は、私の仕事の根源であり、私の光りである。アポローンの面影をとどめたガンダーラ仏の源流と思えば、この像はいわばわが仏であろうか。

（昭和三十八年一月三十一日・週刊現代）

わが室内装飾

私はもともとラテン・アメリカの家が好きである。

白い壁の室内、タイルの床、おそろしいほど高い天井、フランス窓、熱帯植物、外にはいつも烈しい太陽の光りが逆巻いている。日本では光線からしてちがうから、そのままには行かず、スペイン風の内庭《パチオ》も、多雨の日本では不衛生だと思われるので断念したほどで、家々のファサードを飾るポルトガル伝来のタイル細工も、家の寸法にあわせて注文することは不可能であるし、ニュー・オルリーンズ風の鋳鉄のレエス・バルコニイも、日本での入手は不可能である。（アメリカなら通信販売でも買えるのだが。）そんなわけで、これほどガムシャラに目的に邁進《まいしん》しても、まだ理想からは遠く、断念したもののほうが多いのである。

そこで出来上った家に合せて、せめて室内装飾でもスペイン風にしようと、この前の夫婦連れの旅行のとき、家の隅々の寸法を精密にとって行って、それに合せて、家具などを買って来た。殊にスペインでは買物魔になった。

スパニッシュ・バロックはゴテゴテ趣味の最たるもので、これは殊に日本では同感の人を求めることがむずかしいだろう。しかし、一例が、私共の買ってきた純バロックの金ピカの一対の聖画の額は、白壁にまことによく合うのである。このごろ、新らしいビルなどでも、どんな壁の色が仕事の能率を上げるかとか、疲労度を増すかとか、研究が進んでいるようだが、私は人間の神経は、壁の色によって左右されるほどヤワなものである筈がない。いや、あるべきではない、という考えである。又、椅子一つでも、むやみと快適な角度や柔らかさが重要視されているようだが、私は背の直立した固い椅子ほど、健康によい、という考えである。ロココの家具などは、今出来のフワフワ椅子なんかより、西式健康法にマッチしてるのではないか。

私はこのごろいやにシブイ室内装飾を見るたびに、日本の中世以降の衰弱した趣味とアメリカの最尖端の趣味の衰弱とがうまく握手したような気がするのだが、一例が中世の金閣寺でも、今日焼亡後再建されて、みんなから悪趣味だといわれているあの「新らしい金色」の姿で、「美しい」と思われていたのである。日本人の美学は、金ピカ趣味を失ってから衰弱してきた、というのが私の考えである。従って、私の室内装飾は、金ピカ趣味一点張りになった。そしてそれに合うものが日本では求めがたいから、外国で買ったまでであって、日本の家具商は、もっといろんなスタイルを取り揃えなくては、日本の西洋式室内装飾は面白くならない。どうして日本というところは、一例が、ボート・ネックのシャツがはやった年には、どこの店へ入っても、ボート・ネックのシャツしか見当らないようになるのであるか。

装飾品にはつとめて対《つい》のものを置くようにすること、壁面は余白を少くして大きくなるたけシンメトリカルに飾ること、色は、金・白・緋・紫などを基調にすること、見ているうちに目はチカチカ頭はカッカとしてくるような具合に装飾すること、……これが私のプランであり、大略そのような成果を得たと自負している。

（昭和三十七年一月二十五日・別冊婦人公論）

機能と美

飛行機が美しく、自動車が美しいように、人体は美しい。女が美しければ、男も美しい。しかしその美しさの性質がちがうのは、ひとえに機能がちがうからである。飛行機の美しさは飛行という機能にすべてが集中しているからであり、自動車もそうである。しかし、人体が美しくなくなったのは、男女の人体が自然の与えた機能を逸脱し、あるいは文明の進歩によって、そういう機能を必要としなくなったからである。

男には闘争という機能がある。女には妊娠や育児という機能がある。この自然の与えた機能に不忠実なものが美である筈がない。男の体は、闘争や労働のための、運動能力とスピード感と筋肉によって美しく、女の体は妊娠や育児のためのゆたかな腰や乳房や、これを包む皮下脂肪のなだらかな線によって美しい。女性美は絵画的、男性美は彫刻的だ。

一例が、もっとも男性的な筋肉といわれる側腹筋は、もちろん女にもあるが、女の場合は例外なく脂肪に包まれていて、男におけるように、槍の穂先のようなシャープな造形を持たないから、この筋肉一つでも、女性美と男性美の範疇がちがうことがわかる。

機能に反したものが美しかろう筈がなく、そこに残される手段は装飾美だけであるが、文明社会では、男でも女でも、この機能美と装飾美の価値が顛倒している。男の裸がグロテスクだなどという石原慎太郎氏の意見は、いかにも文明に毒された低級な俗見である。

このごろは、しかし、男性ヌードと称して女性的な柔弱な男の体がもてはやされているのも、又別の俗見である。もちろん、ヘルマフロディット的（男女両性をそなえた）な少年美というものは存在するが、男の柔弱さだけを美しいと思う今の流行は、単なる末流の風俗現象にすぎないのである。

（昭和四十三年九月・男子専科）

肉体について

日本人は本来肉体の観念を二次的にしか持っていなかった。日本にはヴィーナスもなければアポロもいなかった。日本人の女体の美しさが観音像のような中性的な美しさを離れて、ほんとうの女らしい肉感性を獲得したのは、はるかおくれて江戸の歌麿の海女《あま》の図などに初めて見られたものである。

それでは日本人は肉感的な女性を愛さなかったかというと、そうではなかった。飛鳥朝から平安朝にかけての女性は豊満な肉体をもって人々を健康に魅惑していた。「万葉集」にあらわれる女性の姿が素朴な、あるいは現代の農村女性のようなピチピチとした魅力を想像させることは言うまでもない。その後平安朝時代に女性の肉体が非常に繊弱《せんじゃく》な、むしろ奇形なものになっていったと思われるのは、文化が爛熟して、女性の人工美が重んじられる点ではフランス十八世紀のロココ時代と同じである。ロココ時代の貴婦人は、極度に胴を詰めた衣装や、極度に衣服の抑圧のはなはだしかった風俗から、裸体にすればグロテスク以外の何ものでもなかったと言われている。

しかしフランスと日本の違い、ひいてはヨーロッパと日本の違いは、そもそも肉体というものを肉体それ以上の何ものかの比喩として考えることができるかどうかというところにあった。ギリシャでは、言うまでもなくプラトンの哲学があって、われわれはまず肉体美に魅かれるけれども、その肉体美を通して、さらにより高いイデアに魅かれていく。しかしイデアという究極のものに到達するには肉体の美しさという門を通らなければならないという考えがギリシャ哲学の基本的な考えであった。

しかし一方日本では、仏教が現世を否定し、肉体を否定したところから、肉体自体が肉体として評価されないのみならず、肉体が肉体を超えたあるもののあらわれとして評価されることは決してなかった。端的にいえば肉体崇拝がなかったのである。

日本人が美と考えたものは、美貌であり、あるいは心ばえであり、あるいは衣装の美であり、あるいは精神的な美であり、ある場合は「源氏物語」の中の美しい女性のように、闇の中でほのめいてくる香のかおりであった。日本人はムーディーなものに弱いといまでも言われているけれども、輪郭よりも雰囲気によって興奮してきた国民なのである。このような民族性と文化の上で、谷崎潤一郎氏の文学が、肉体崇拝の西欧的な伝統に始まりながら、ついには「蘆刈」のような、古い日本の着物の絹の重みの中に込められた、ほのかな陰影に満ちた女体の美しさへと傾斜していったことは、実に日本人的な変化であり、また日本の伝統へのやむことを得ざる回帰の姿であったとも言えよう。

女性の肉体にもまして閑却《かんきゃく》されたのは男性の肉体である。女性の肉体は少なくとも賛美の対象ではあった。しかしながらその賛美には肉体崇拝の気持がなかったから、旧約聖書のソロモンの雅歌のような、精密をきわめた女性の肉体の各部位の象徴化や詩化に到達することがなかったのであるが、まして男の肉体は隠すべきもの、かつ精神に包まれているべきものと考えられた。男が威厳を発揮するには、威厳を誇示する衣装によってその肉体が包まれていなければならなかった。これにはもちろん中国文化の影響も非常にあるが、日本では、裸体をあらわすのは車夫馬丁の輩《やから》、あるいは下賤な無教養な人たちに限られていた。これは近代以前のアジアではどこにでも見られた考え方で、筋肉隆々たる男は下層階級の労働者出身と考えられ、彼女が恋をささやくべき男は、繊弱な、筋肉のない男でなければならなかった。なぜなら、裸体それ自体が男性的であるということは、労働によって錬磨されることを要求し、しかもその労働は、貴族や上流階級のやるべきことではなかったからである。ここに日本人の行動哲学が極度に精神的になった理由もあると言えよう。

ギリシャでは、肉体それ自体が美と考えられたから、肉体を美しくすることがすなわち人間的、精神的向上と同じことこととさえ考えられた。しかし日本では、武道の達人は、武道のそれ自体の技術の錬磨が、肉体を美しくすることとは全く関係なしに、直ちに精神的な価値に結びついて考えられた。

宮本武蔵がどういう肉体をしていたかは想像することもできない。彼はただ、異常に深い精神的探求の中から生れた哲学者としての一面と、また武道家としての超人間的な技術との結合体として見られているだけである。その間に介在した彼の肉体はないも同然と考えられていたのである。

このような日本人の肉体観念が、戦後根本的に変えられていったのにはアメリカの影響があると思う。アメリカの社会は必ずしもギリシャ精神の復興ではないが、極度に肉体主義の社会である。アメリカの社長は、何フィート以上の背たけがないと社長の資格がないとされるばかりか、大学生も歯並びの汚いことが社会人として非常に不適格であり、アメリカ社会が不断に要求する「スマイル！」ということばに不適格であるので、大学生のうちから歯並びの悪い人間は、親がすすめて総入れ歯にしてしまう例もないではない。

これからますますテレビジョンが発達し、人間像の伝達が目に見えるもので一瞬にしてキャッチされ、それによって価値が占われるような時代になると、大統領でさえ整形手術をしたり、テレビのメーキャップにうき身をやつすようになる。これはアメリカの肉体主義の当然の帰結であるが、好むと好まざるとにかかわらず、目に見える印象でそのすべての人間のバリューがきめられてゆくような社会は、当然に肉体主義におちいっていかざるを得ないのである。私は、このような肉体主義はプラトニズムの堕落であると思う。

目に見えるものがたとえ美しくても、それが直ちに精神的な価値を約束するわけではない。ギリシャのことわざに「健全なる精神は健全なる肉体に宿る」といわれているのはギリシャ語の誤訳であって、「健全なる精神よ、健全なる肉体に宿れかし」というのが正しい訳のようである。それというのも、ギリシャ以来、肉体と精神との齟齬《そご》矛盾についての観察が、いつも人々を悩ましていたことの証拠である。

肉体主義は肉体を崇拝させると同時に、また肉体を侮蔑させ、売りものにさせるものである。肉体は崇拝の手続を経ずに、美しいものは直ちに売られ、商業主義に泥だらけにされてしまう。マリリン・モンローの悲劇は、美しい肉体をそのように切り売りにされた一人の女性の生涯の悲劇であった。

われわれは、いま二つの文化の極端な型のまん中に立っている。われわれの心の中には、日本的な、肉体を侮蔑する精神主義が残っていると同時に、一方では、アメリカから輸入されたあさはかな肉体主義が広がっている。そして、人間を判断するのに、そのどちらで判断していいか、人々はいつも迷っている。私は、やはり男といえども完全な肉体を持つことによって精神を高め、精神の完全性を目ざすことによって肉体も高めなければならないという考えに到達するのが自然ではないかと思う。

オスカー・ワイルドが「ドリアン・グレイの肖像」の中で言った言葉は、当時は卑怯な逆説と思われたが、いまでは真実である。それはすなわち精神の病を肉体をもっていやし、肉体の病を精神をもっていやす。また、精神の病を官能をもっていやし、官能の病を精神をもっていやすという意味のことばである。

そして、肉体が人に誤解されやすい最大の理由は、肉体美というものはどうしても官能美と離れることができないからであり、それこそは人間の宿命であるのみならず、人間が考える美というものの宿命だからであろう。

（昭和四十三年九月・ＰｏｃｋｅｔパンチＯｈ！「若きサムライのための精神講話」）

Ⅶ　肉体と死

「表面」の深み

夜の思考を事とする人間は、例外なく粉っぽい光沢《つや》のない皮膚をもち、衰えた胃袋を持っていた。かれらは或る時代を一つのたっぷりした思想的な夜で包もうとしていたし、私の見たあらゆる太陽を否定していた。私の見た生をも、私の見た死をも、否定していた。何故なら太陽はその双方に関わっていたからである。

一九五二年に、私がはじめての海外旅行へ出た船の上甲板で、太陽とふたたび和解の握手をしたことは、ほかにも書いたから、ここには省こう。ともあれそれは、私と太陽との二度目の出会であった。

爾来、私は太陽と手を切ることができなくなった。太陽は私の第一義の道のイメージと結びついた。そして徐々に太陽は私の肌を灼き、私にかれらの種族の一員としての刻印を捺した。

しかし、思考は本質的に夜に属するのではないだろうか？　言葉による創造は、必然的に、夜の熱い闇のなかで営まれるのではないだろうか？　私は依然、夜を徹して仕事をする習慣を失っていなかったし、私のまわりには、夜の思考の跡を、その皮膚にありありと示している人々がいた。

再びしかし、人々はなぜ深みを、深淵を求めるのだろうか？　思考はなぜ測量錘《すい》のように垂直下降だけを事とするのだろうか？　思考がその向きを変えて、表面へ、表面へと、垂直に昇ってゆくことがどうして叶わぬのだろうか？

人間の造形的な存在を保証する皮膚の領域が、ただ感性に委ねられて放置されるままに、もっとも軽んぜられ、思考は一旦深みを目ざすと不可視の深淵へはまり込もうとし、一旦高みを目ざすと、折角の肉体の形をさしおいて、同じく不可視の無限の天空の光りへ飛び去ろうとする、その運動法則が私には理解できなかった。もし思考が上方であれ下方であれ、深淵を目ざすのがその原則であるなら、われわれの個体と形態を保証し、われわれの内界と外界をわかつところの、その重要な境界である「表面」そのものに、一種の深淵を発見して、「表面それ自体の深み」に惹かれないのは、不合理きわまることに思われた。

太陽は私に、私の思考をその臓器感覚的な夜の奥から、明るい皮膚に包まれた筋肉の隆起へまで、引きずり出して来るようにそそのかしていた。そうして少しずつ表面へ泛《うか》び上って来る私の思考を、堅固に安心して住まわせることのできるように、私に新らしい住家を用意せよと命じていた。その住家とは、よく日に灼け、光沢を放った皮膚であり、敏感に隆起する力強い筋肉であった。正にこういう住家が要求され、こういう調度が条件とされるために、「形の思想」「表面の思想」は、多くの知識人たちに親しまれずに終ったのにちがいない。

病んだ内臓によって作られる夜の思想は、思想が先か内臓のほんのかすかな病的兆候が先かを、ほとんどその人が意識しないあいだに形づくられている。しかし肉体は、目に見えぬ奥処《おくが》で、ゆっくりとその思想を創造し管理しているのである。これに反して、誰の目にも見える表面が、表面の思想を創造し管理するには、肉体的訓練が思考の訓練に先立たねばならぬ。私がそもそも「表面」の深みに惹かれたそのときから、私の肉体訓練の必要は予見されていた。

（略）

男はなぜ、壮烈な死によってだけ美と関わるのであろうか。日常性に於ては、男は決して美に関わらないように注意深く社会的な監視が行われており、男の肉体美はただそれだけでは、無媒介の客体化と見做されて賤《いや》しまれ、いつも見られる存在である男の俳優という職業は、決して真の尊敬を獲得するにいたらない。男性には次のような、美の厳密な法則が課せられている。すなわち、男とは、ふだんは自己の客体化を絶対に容認しないものであって、最高の行動を通してのみ客体化され得るが、それはおそらく死の瞬間であり、実際に見られなくても「見られる」擬制が許され、客体としての美が許されるのは、この瞬間だけなのである。特攻隊の美とはかくの如きものであり、それは精神的にのみならず、男性一般から、超エロティックに美と認められる。しかもこの場合の媒体をなすものは、常人の企て及ばぬ壮烈な英雄的行動なのであり、従ってそこには無媒介の客体化は成り立たない。このような、美を媒介する最高の行動の瞬間に対して、言葉はいかに近接しても、飛行物体が永遠に光速に達しないように、単なる近似値にとどまるのである。

（昭和四十年十一月～四十三年六月・批評「太陽と鉄」より）

芸道とは何か

ちかごろ八代目市川団蔵の死ほど、感動的な死に方はなかった。「海に消えた？　巡礼の老優」などと、六月五日の新聞は、旅路の果て的イメージで、感傷的な見出しで報道していたが、こういう場合の新聞記者の想像力の貧弱さ凡庸さには、毎度のことながら恐れ入る。団蔵の死は、強烈、壮烈、そしてその死自体が、雷の如き批評であった。批評という行為は、安全で高飛車なもののように世間から思われているが、本当に人の心を搏《う》つのは、ごく稀ながら、このような命を賭けた批評である。

引退興行をすませて、ただ一人、四国巡礼に旅立って、投身自殺をした団蔵は、引退のとき、六代目菊五郎の、「永生きは得じゃ、月雪花に酒、げに世の中のよしあしを見て」という狂歌をもじって、

「永生きは損じゃ、月々いやなこと、見聞く憂き世は、あきてしまった」

という一首を作ったが、このパロディーの狂歌が、そのまま辞世になった。

団蔵は寡黙な、ふだん決して己れを主張しない人で、どんな役でも引受け、律儀に舞台をつとめ、その決して面白味があるとはいえない地味な芸風を押し通したが、舞台の上で彼が

感じていたことは、今ありありとわかる。口では「おじさん」と立てても、腹の中は、重宝な御し易い老脇役として利用することしか考えていなかった現代一流歌舞伎俳優の、その浅墓な心事と、おごり高ぶった生活態度を、団蔵はじっと我慢して眺めていた。そして、現代では重んじられている俳優たち、世間や取巻きから名優扱いされている連中の、実は低い浅薄な芸風を、団蔵はちゃんと見抜いていて、口には出さずに、

「何だ、大きな顔をして、大根どもが」

と思っていたにちがいない。

団蔵はもちろんひろい世間は知らなかったろうが、歌舞伎界の、人情紙のごとき状態と、そこに生きる人間の悲惨を見尽して、この小天地に、世間一般の腐敗の縮図を発見していたに相違ない。歌舞伎の衰退の真因が、歌舞伎俳優の下らない己惚れと、その芸術精神の衰退と、マンネリズムとにあることを、団蔵は誰よりもよく透視していたのであろう。

団蔵は、いわば眼高手低の人であった。眼高手低の悲しみと、批評家の矜持を、心のうち深く隠して、終生を、いやいやながら、舞台の上に送った人であった。四国巡礼の途次、徳島で、団蔵は記者にこう語っている。

「今は人形のような舞台人生から離れ、生れてはじめて人間らしい自由を得ました」

この言葉は悲しい。何故なら、「人形のような舞台人生」に於て、彼自身は、人形たることに自足できるほどの天才的俳優ではなかったからである。

もちろん彼はこのことをよく知っていた。

「役者は目が第一。次が声。私はこんなに目も小さい。声もよくない。体も小さい。セリフが流れるように言えない。役者としては不適格です」

というのが口癖だったそうである。

本来、役者の自意識というものは、芸だけに働らいていればよいもので、自分の本質に関する自意識は芸の邪魔になることが多い。団蔵がこれほどよく己れを知っていなければ、もっと飛躍した演技をわがものにすることができたかもしれないのである。勘三郎が本気でハムレットをやりたがったり、錦之助がもっとも現代的な「組織と人間」の相剋に悩む青年をやりたがったりするという噂は、ただの役者馬鹿だけでない、自意識の欠如にもとづいた奔放な役者魂を示しているのかもしれない。

それはさておき、「人形のような舞台人生」をあれほど嫌った団蔵が、自殺というような人為的な死に方をし、自ら人生をドラマタイズしたことには、人間性の尽きぬ謎がある。舞台人生の非名優は、人生舞台の大名優になった。そしてこの偸安《とうあん》第一の時代にあって、彼は本当の「人間のおわり」とはいかにあるべきかを、堂々と身を以て示し、懦夫《だふ》をして立たしむるような死に方をした。それは悲しい最期ではない。立派な最期である。彼の生き方死に方には、ピンとした倫理感が張りつめていた。

一方、もし彼が名優であって、その芸術的な高さによって人々に有無を言わせぬほどの芸境を保っていたら、人生におけるいやな我慢は、それだけ少なくてすんだであろう、と考えると、芸術と才能の残酷な関係に思い至る。芸は現実を克服するが、それだけの芸を持たなかった団蔵は、「芸」がなしうるようなことを「死」を以てなしとげた。すなわち現実を克服し、人生を一個の崇高なドラマに変え、要するに現実を転覆させた。その位置をわがものにするとき、彼は現実に対する完全な侮蔑を克ち取る。しかし、名優は、舞台上の一瞬に、(死ななくても)同じものを克ち取る筈だ。もちろん現代にそんな名優がいるとは私は言わないが。

芸術における虚妄の力は、死における虚妄の力とよく似ている。団蔵の死は、このことを微妙に暗示している。

芸道は正にそこに成立する。

＊

芸道とは何か?

それは「死」を以てはじめてなしうることを、生きながら成就する道である、といえよう。これを裏から言うと、芸道とは、不死身の道であり、死なないですむ道であり、死なずにしかも「死」と同じ虚妄の力をふるって、現実を転覆させる道である。同時に、芸道には、「いくら本気になっても死なない」「本当に命を賭けた行為ではない」という後めたさ、卑しさが伴う筈である。現実世界に生きる生身の人間が、ある瞬間に達する崇高な人間の美しさの極致のようなものは、永久にフィクションである芸道には、決して到達することのできない境地である。「死」と同じ力と言ったが、そこには微妙なちがいがある。いかなる大名優といえども、人間としての団蔵の死の崇高美には、身自ら達することはできない。彼はただそれを表現しうるだけである。

ここに、俳優が武士社会から河原乞食と呼ばれた本質的な理由があるのであろう。今は野球選手や芸能人が大臣と同等の社会的名士になっているが、昔は、現実の権力と仮構の権力との間には、厳重な階級的差別があった。しかし仮構の権力（一例が歌舞伎社会）も、それなりに卑しさの絶大の矜持を持ち、フィクションの世界観を以て、心ひそかに現実社会の世界観と対決していた。現代社会に、このような二種の権力の緊張したひそかな対決が見られないのは、一つは、民主社会の言論の自由の結果であり、一つは、現実の権力自体が、すべてを同一の質と化するマス・コミュニケーションの発達によって、仮構化しつつあるからである。

さて、芸能だけに限らない。小説を含めて文芸一般、美術、建築にいたるまで、この芸道の中に包含される。（小説の場合、芸道から脱却しようとして、却って二重の仮構のジレンマに陥った「私小説」のような例もあるが、ここではそれに言及する遑《いとま》はない。）

よく、舞台で死ねば役者は本望、だなどと言われるが、芸道には、行為によって死を決する、などという原理は、本来含まれていないので、舞台で死ぬ役者は偶然病人が舞台の上で死を迎えただけのことであり、小説家が癌にかかっても、偶然の出来事にすぎぬ。芸道には、本来「決死的」などということはありえない。小説家がある小説を書くのに「決死的」だなどといっても、それは、商店の大売出しの「決死的出血サービス」というのと同じ惹き文句である。

ギリギリのところで命を賭けないという芸道の原理は、芸道が、とにかく、石にかじりついても生きていなければ成就されない道だからである。「葉隠」が、

「芸能に上手といはるる人は、馬鹿風の者なり。これは、唯一偏《ひとえ》に貪着《とんじゃく》する故なり、愚痴ゆえ、余念なくて上手に成るなり。何の益《やく》にも立たぬものなり」

と言っているのは、みごとにここを突いている。「愚痴」とは巧く言ったもので、愚痴が芸道の根本理念であり、現実のフィクション化の根本動機である。

さて、今いう芸術が、芸道に属することはいうまでもないが、私は現代においては、あらゆるスポーツ、いや、武道でさえも、芸道に属するのではないかと考えている。

それは「死なない」ということが前提になっている点では、芸術と何ら変りがないからである。もちろん危険なスポーツもあって、生命保険加入スポーツもいくつかあるが、それだからと言って、芸術と比べて特に危険だとは思われない。瞬間の死か緩慢な死かのちがいだけで、芸術だって、心身を害して徐々に死にいたらせることがないとは言えない。私は根本原理が「死なない」ということにある場合、いかに危険なスポーツも芸道に属し、現実のフィクション化にあずかり、仮構の権力社会に属している、と言いたいのである。

剣道も竹刀を以て争う以上、「死なない」ということが原理になっており、本来、剣道には一本勝負しかありえぬ筈であるが、三本勝負などが採用されて、スポーツ化されている。それはすでに、芸道の原理が採用されたことを意味する。

その勝負にあるのは死のフィクション化であって、「決死」とはもはや言えない。柔道の

三船十段は、エキジビションではいつも必ず勝つことになっていて、うっかり十段を負かす弟子があると、烈火の如く怒って初段に降等させたという噂があるが、これは三船十段が、柔道のフィクション化的性格をよく知っていた証拠になる。

スポーツにおける勝敗はすべて虚妄であり、オリンピック大会は巨大な虚妄である。それはもっとも花々しい行為と英雄性と意志と決断のフィクション化なのだ。

（昭和四十一年九月・20世紀「団蔵・芸道・再軍備」より）

谷崎潤一郎の「金色の死」

一

私はすでに数度、谷崎氏の全作品について論じている。それを繰り返すことを好まない。この度新潮社から谷崎集が刊行されるに当り、私は今までの自分の谷崎論はいわばオーソドックスの谷崎論として、既に読まれたものと仮定した上で、今度は別の角度から、谷崎氏の全作品に逆照明を投げかけてみたいと思った。そのとき、あたかも表富士と裏富士のように、はじめて氏の文業を立体的相貌を似て眺める視点が獲得されるかもしれない。

その逆照明の光源として私の選んだのが、「金色の死」という作品である。

「金色の死」は大正三年十二月「東京朝日新聞」に掲載されたもので、自作に対して潔癖な作者自身に嫌われ、どの全集にも収録されず、歿後の中央公論社版全集ではじめて読む機会が与えられた。作者自身に特に嫌われる作品というものには、或る重要な契機が隠されていることが多い。たとえば川端康成氏は、自作「禽獣」に対する嫌悪をしばしば公にしているが、「禽獣」が傑作であるのみならず、川端文学の全貌を或る角度からくっきり照らし出す重要な作品であることは天下に知られている。

嫌悪や惑溺において、作家は思わず矩《のり》を越えることがある。感覚は理智の限界を越え、形式を破壊し、そこに思わぬ広大な原野を垣間見させることがある。しかも作者が丹精した園だけを案内される読者は、高い塀の蔦《つた》にかくれたドアをふとひらいて、別の広野を瞥見《べっけん》させられる機会に、この時を除いて二度と遭遇しない。あわてた作者は自分の誤りに気づき、読者を二度とそのドアのところまで案内しなくなるのである。

川端氏における「禽獣」と、谷崎氏における「金色の死」を比較すると、こうしたいわば「忌わしい秘作」の共通点は持つにもせよ、これをめぐる事情は、種々の点で対蹠的である。第一に、反形式主義者の川端氏は、作品と人生を通じて受身のノンシャランスを身上とする作家であるから、「禽獣」が取立てて無形式無限定の裸の作品というわけではない。すべての作品がそうであり、「禽獣」はたまたま嫌悪が主題になって、嫌悪と侮蔑を表立てた冷たい愛が語られているにすぎず、この一作が他作の形式的尊厳を犯しているという性質のものではない。谷崎氏における「金色の死」は、この点でちがう。耕しに耕し、丹精を凝らした、工芸的完璧を持った園のような作品を身上としたこの作家は、（初期作品において多少の例外はあるけれども）、人間性のあくなき剔抉《てっけつ》を主題としながら、その形式的尊厳を失うことのなかった人である。思わず洩れた吐息のごときは、この作家の嫌悪するところであった。川端氏も谷崎氏も精妙な自意識家である点では共通だが、その自意識の方向がちがう。谷崎氏は自己に対しては鋭い批評家だったが、他に対してはほとんど批評能力を持たなかった。

第二に、「禽獣」と「金色の死」と比べてみると、前者は傑作であるのに、後者は明らかな失敗作である。私はこの両文豪の傑作と失敗作を並べて黒白をつけようなどという意図は毛頭持たないが、無《む》打《て》勝《かつ》流の川端氏などとちがって、円滑な形式的完璧さと構成力を持った谷崎氏の作品をあげつらう場合は、その明らかな失敗作からでもアプローチする以外には手がないのである。事実、明敏な自己批評家の谷崎氏は、「金色の死」の芸術的欠陥を自ら認め、これをできれば作品目録から抹殺したかったのであろう。

しかし天才の奇蹟は、失敗作にもまぎれもない天才の刻印が押され、むしろそのほうに作家の諸特質や、その後発展させられずに終った重要な主題が発見されることが多いのである。スタンダールの「アルマンス」などの失敗作を読めば、この間の消息が察せられよう。「金色の死」は一種の思想小説・哲学小説であって、ここにはこれより後谷崎氏によって故意にか偶然にか完全に放棄された思想が明確に語られている。もしそれが放棄されていなかったら……、という想像こそ読者にゆるされた特権であろう。もしこの主題が正当に発展させられていたら、明らかにわれわれは今日見る谷崎文学とは、その偉大、その規模は等しくとも、全く展望のちがった谷崎文学を持ち得たかもしれないのである。

「金色の死」は、「私」の少年時代からの友人の岡村君の美的生涯を描いた物語であり、岡村君の成就した芸術上の究極境に対して、「私」は一応の文学的成功を得ながらも、ついに及びがたかった者への羨望を表白して終るのだが、もちろんこの種の小説の定石として、話者の「私」は岡村君を際立たせるために故意に凡庸な性格を与えられており、「私」と谷崎氏は境遇こそ似ておれ、全くの別人である。むしろ「私」というアリバイを設定することによって、作者は自由に岡村君に感情移入をなしえたように思われる。

岡村君は、「私と同い年にも拘らず、一つか二つ年下に見える小柄な品のいい美少年」であったが、富裕の家に生れ、長ずるに及んで、機械体操の訓練を重ねた結果、アポロのような美青年になる。数学、歴史を嫌い、語学に長じ、秀才ではあるが、学校を出てからは快楽生活に没入し、しばらく世を避けたのち、箱根に無何有《むかう》の郷《さと》を建設して、「芸術体現」の思想を実現し、ついに諸人の讃仰《さんぎょう》のうちに「金色の死」を遂げて、生と芸術の一致を成就するのである。

もちろん文学的影響としてはポオがありボオドレエルがあって、岡村君の思想の分析もさほど深くはなく、又、無何有の郷の描写も類型的なきらいがあるが、当時におけるこの作品のおどろくべき独自性は疑いようがない。

岡村君と「私」は、美及び芸術についてディスカッションを闘わせ、（この部分を発展させれば、日本にめずらしいロマン・イデオロジックの嚆矢《こうし》となったであろうが）、岡村君はレッシングを批判する。

（余談ながら、岡村君の最も好きな画家が、「日本では豊国、西洋ではロオトレク」というのは、いかにも大正的貧相で、ロオトレクとチャリネとの情緒的連関があるにしても、岡村君の唯美主義に情緒的性格の濃いことが、ここではしなくも暴露される）

さて、岡村君のレッシング批判は、彼の固執するいくつかの想念をもとにしてくりひろげられる。

（その一）「肉眼のない心眼なんか、芸術の上から何の役にも立ちはしない。完全な官能を持って居る事が、芸術家たる第一の要素だと思うね」

（その二）「一体芸術的の快感を悲哀だの滑稽だの歓喜だのと云うように区分するのが間違って居る。世の中に純粋の悲哀だの、滑稽だの、乃至歓喜だのと云うものが存在する筈はないのだから」

（その三）「（詩の領分と絵の領分との間に、境界のある事を）全然認めて居ない」

（その四）「僕は眼で以て、一目に見渡す事の出来る美しさでなければ、即ち空間的に存在する色彩若くは形態の美でなければ、絵に画いたり文章に作ったりする値打ちはないと信じて居るんだ。そのうちでも最も美しいのは人間の肉体だ。思想と云うものはいかに立派でも見て感ずるものではない。だから思想に美と云うものが存在する筈はないのだ。（中略）美は考えるものではない。一見して直に感ずる事の出来る、極めて簡単な手続きのものだ。而も其手続が簡単であればある程、美の効果《エッフェクト》は余計強烈である可き筈だ」（傍点三島）

（その五）「僕の最も理想的な芸術と云えば、眼で見た美しさを成る可く音楽的な方法で描写する事にあるんだ」

（その六）「ロダンの、『サッフォの死』が美しいとすれば、其の彫刻に現れた二個の人間の肉体が美しいのだ。サッフォの歴史とはまるきり縁故のない事なのだ。（中略）故に若《も》し、画家に取て撰択すべき瞬間があるとすれば、其れは唯或る肉体が最上最強の美の極点に到達した刹那の姿態を捉える事なのだ」

（その七）「（レッシングの想像力による『含蓄ある瞬間』を否定して）ラオコオンが嘆いて居ようが、叫んで居ようが、乃至血だらけになって呻いて居ようが、其の瞬間の肉体美さえ十分に現れて居れば沢山なんだ。（中略）そうだとも、――一体僕は想像と云うような歯痒《はがゆ》い事は大嫌いだ。何でもハッキリと自分の前に実現されて、眼で見たり、手で触ったり、耳で聞いたりする事の出来る美しさでなければ承知が出来ない」

（その八）「最も卑しき芸術品は小説なり。次ぎは詩歌なり。絵画は詩よりも貴く、彫刻は絵画よりも貴く、演劇は彫刻よりも貴し。然して最も貴き芸術品は実に人間の肉体自身也。芸術は先ず自己の肉体を美にする事より始まる。……チャリネ（サーカス）は生ける人間の肉体を以て合奏する音楽なり。故に至上最高の芸術也」

（その九）「人間の肉体に於て、男性美は女性美に劣る。所謂男性美なるものの多くは女性美を模倣したるもの也。希臘《ギリシヤ》の彫刻に現れたる中性の美と云うもの、実は女性美を有する男性なるのみ」

（その十）「芸術は性慾の発現也。芸術的快感とは生理的若しくは官能的快感の一種也。故に芸術は精神的《スピリチユアル》のものにあらず、悉《ことごと》く実感的《センジユアル》のもの也。絵画彫刻音楽は勿論、建築と雖《いえど》も亦《また》其の範囲を脱することなし」

二

煩《はん》をいとわず引用した右の十箇の箴言《しんげん》から、人は岡村君の口を借りた谷崎氏自身の芸術宣言を読まないだろうか。事実「金色の死」におけるほどあらわに観念的に、谷崎氏が芸術論を作中で展開したことは、空前にして絶後なのである。

かつて私は谷崎氏を「絵画的天才」と評したことがあるが、造形美術の世界ならいとも自然な理念を、大胆にも文学の世界へ持ち込んで、この青年時の固定観念を一生を通じて発展させた作家は、世界にその類を見ず、他にはわずかにテオフィル・ゴーティエを数えるのみである。

右の十ヶ条を、もし単純化して、概括してみるとすれば、次のようなことになろう。

(その一)視覚主義、官能主義。
(その二)感情の否定——反ロマンティシズム。
(その三)ジャンルの否定——反古典主義。
(その四)思想の否定——肉体主義とフォービズム。
(その五)音楽性と絵画性の調和。
(その六)歴史の否定——時間の否定——反歴史主義と極端主義《エクストリーミズム》。
(その七)想像力の否定——現存在《ダーザイン》至上の刹那主義《モーメンタリズム》。
(その八)肉体による芸術と音楽性との合致。
(その九)男性美の否定——ヘルマフロディティズム。
(その十)精神の否定——絶対官能主義。

こうして列挙してみると、岡村君の思想は幾多の否定によって定立され、しかも反対概念としての二つの思想を共に否定することによって矛盾撞着を生じ、この論理的欠陥にもめげず、作中の岡村君は、死によって生と芸術の一致を体現するが、取り残された作者はわが身にその矛盾を負うて、芸術制作の自己否定に陥るという経緯が手にとるようにわかるのである。私の目的はその矛盾を追究し、谷崎文学がいかにその矛盾に耐えずして方向転換し、はては「金色の死」が作者自身によってうとまれるようになったか、ということを分析することである。

（その一）の視覚主義、官能主義は、とりわけ谷崎氏の前期の作品の特徴をなすものであり、強い欲望を持った青年期の正直な表白であるが、盲目のミルトンの見る美を否定した岡村君が、のちに「春琴抄」の佐助に変貌する必然性は、すでに正確に用意されている。すなわち、目に見え、視覚的官能によって捕捉された美が、この世から失われた瞬間に、その美を保持する唯一の方法は、美を生ぜしめた生理的感覚の根源（目）を潰すことしかないからだ。すなわち佐助の盲目はミルトンの盲目と反対の意味を担っており、谷崎氏はプラトン哲学の滝を遡行《そこう》するのだ。しかし目をつぶすことによって得られた官能の醇化は、若い谷崎氏にはまだ想像もつかなかった事態であり、岡村君は何一つ失わぬままの美的完結性にのみ執着するのである。

問題は、視覚的官能によって捕捉された美が果して客観性を持ちうるか、というところにあり、（その二）は、すべてを一種抽象的な芸術的快感（実は性慾的快感と言いかえてもよい）に還元することによって、美を判断する種々の感情的要素を払拭しようと試み、美の客観性を定立しようとしたものである。そこでは純粋性慾による美の歪曲のみが公認されているのであり、感情的主観的要素は潔癖に排除される。しかし感情の普遍性を否定する一方で、性的慾望の諸偏差を否定するのは矛盾であり、このような諸偏差の否定のドグマは、芸術上のジャンルを峻別しようとする古典主義の否定にいたる。ところがジャンルの否定は、感情や心理や官能の表現形式の諸範疇の否定であるから、岡村君は、すべての芸術を、いわば、「純粋性慾による普遍的な単一表現形式」に統一しようとしているわけである。こう考えることが、矛盾を免れる唯一の方法であり、美の客観性を獲得するためならどんなドグマでも立てるというマニヤックな性格が語られる。

《不感不動の境地で、ただ性的な美的判断のみを働かせて、美を創造しなければならない。さりとて古典主義的美的基準に依拠するのではない。官能を以て、全的に感情を代行せしめなければならない》

これを今仮に、第一命題と呼んでおこう。

三

次に、このような思考が、内面性を蔑視するのは当然のことだが、感情を除外して官能のみに徹すれば、風景や静物の美は問題でなく、「最も美しいのは人間の肉体」（その四）ということになるのも当然である。しかし、（その四）（その五）（その六）には矛盾がある。なぜなら、思考の手続きを蔑視し、直接性と瞬間性の現存在全体の美を求めるなら、時間芸術である音楽との親和は妥協であり、音楽と妥協しながら、時間性と歴史を完全に否定しようと考えるのも矛盾である。岡村君は、音楽の時間的持続は、何ら思考の手続きに要する時間的持続とも、歴史的持続とも無関係な純粋持続である、と抗弁するかもしれない。しかしいかに純粋な持続であろうと、一定の時間的持続の中で、肉体の美の「最上最強の極点」は崩壊せざるをえないのである。しかも音楽から想像力を除いたら何が残るだろう。絶対不感の現存在の瞬間芸術の、音楽との妥協は、自ら否定した想像力の作用を音楽を以て代行させようとしたのではなかろうか。

かくて、このドグマは、次のような第二命題を形成する。

《想像力による媒介を経ない、直接性と瞬間性の現存在総体としての美は、音楽によって想像力を補塡されなければならない。美の享受者と美の間に、純粋性慾以外の、一切の無媒介の直接性が保障されるには、時間芸術の純粋持続が導入されなければならない》

四

さて、（その八）と（その九）にもまた、矛盾が、おそらくもっとも本質的な矛盾がひそんでいる。「芸術は先ず自己の肉体を美にする事より始まる」から、岡村君は機械体操に熱中しかつその美貌を磨き立てるのであるが、同時に岡村君は男であるから、その官能の命ずるところ、美的対象として女を求め、「人間の肉体に於て、男性美は女性美に劣る」という結論に達せざるをえない。もし岡村君がゲエテのように、「純粋に生物学的見地から見れば、男性美は女性美にまさる」と言っているのならともかく、官能的享受がすべての美の客観的（!）基準だと信ずる岡村君は、女性美の優越性を認めざるをえない。そのとき、なぜ「自己の肉体を美にする事」が必要なのか、そこに撞着が起るのである。

芸術家は、官能の源泉であり、エロースであり、美の創造者、認識者、判定者であれば十分なのであって、何故自らが美しくなければならないか。あくまで美が外的に対象的に把捉《はそく》しうるものでなければならず、思想・感情の皆無なところにしか発生しないとすれば、純対象的に把捉しえない自己の美は、むしろ美を混乱に導くものではないか。しかも岡村君は、美を存在せしめる視覚的官能の先験的な観念性を信じており、それこそ男の特質であるなら、男が美であるためには、その観念性を放棄せねばならず、それを放棄するときには「見る」という男の官能の特質をも放棄し、すなわち美を存在せしめる感覚的源泉の自己否定に終るではないか。すべての美が男の意識からのみ生れるものであれば、この強烈な主観哲学が客観性を持つためには、男は二重の役割を持たねばならぬ。すなわち、美の創造者と体現者と一人二役である。岡村君は、美の客観性の保障として、自分が外面的には美そのものであり、(しかもその美を保障するものは、視覚的官能の持主としての男しかいない筈だから、すなわち、自分の美の保障者は男たる自分自身のみである)、内面的には美を存在せしめる官能の源泉であろうとした。芸術家と芸術作品を一身に兼ねることにより、この矛盾を解決しようとしたのである。そしてその一致の瞬間とは、自分の意図した美が完成すると同時に自分の官能を停止せしめ、すなわちその金粉が皮膚呼吸を窒息させ、自分の内面にはもはや何ものも存在しなくなり、肉体は他者にとっての対象に他ならなくなり、すなわち死体になった瞬間であった。

最終命題は、次のようである。

《芸術は悉く実感的《センシュアル》なものであるが、その客観性の最終保障は、感じること享受することにあるのではなく、感じられること享受されることになければならないが故に、官能的創造の極致は自己の美的な死にしかない》

五

しつこいようだが、ここで三つの命題を並べてみる。

第一命題《不感不動の境地で、ただ性的な美的判断のみを働かせて、美を創造しなければならない。さりとて古典主義的美的基準に依拠《いきょ》するのではない。官能を以て、全的に感情を代行せしめなければならない》

第二命題《想像力による媒介を経ない、直接性と瞬間性の現存在総体としての美は、音楽によって想像力を補塡されなければならない。美の享受者と美の間に、純粋性欲以外の、一切の無媒介の直接性が保障されるには、時間芸術の純粋持続が導入されなければならない》

最終命題《芸術は悉く実感的《センシュアル》なものであるが、その客観的の最終保障は、感じること享受することにあるのではなく、感じられること享受されることになければならないが故に、官

能的創造の極致は自己の美的な死にしかない》

この三つの命題の間にそれぞれ矛盾があるのは前述したとおりだが、私が「金色の死」から抽出した三命題には、おそらく谷崎氏の生涯の美の理想が語り尽されており、一方谷崎氏はこれらの命題を綜合的に追究することなく、失敗作「金色の死」から身を背けてしまったのである。それについては後述するが、氏はおそらくこの作品の線上の追究に、何か容易ならぬ危険を察知して身を退いたように思われる。

本書に収められた名作群でも、「刺青」「秘密」「痴人の愛」「春琴抄」「卍」などは第一命題に属し、「細雪」「少将滋幹の母」は、その歴史の中の非歴史性ともいうべき一種の音楽的な純粋持続（文体がこれを保障する）によって第二命題に属するが、最晩年の傑作「瘋癲老人日記」のみが、ふしぎな照応によって、「金色の死」との一種皮肉な対照を保ちつつ、辛うじて第三命題に近づくのである。しかし谷崎文学を論ずる場合、青年期に書かれた「金色の死」のやや滑稽な悲劇性と、「瘋癲老人日記」の荘厳な喜劇性とは、見忘られてはならない対比である。

私は浅薄な精神分析的批判方法を好むものではないが、あれほどクラフト・エビングに一時は心酔した谷崎氏の作品を、精神分析的に跡づけることは許されるであろう。

精神的マゾヒズムよりも肉体的マゾヒズムを好む「饒太郎」の主人公のような性的傾向には、必ず自己の肉体を誇る肉体的ナルシシズムがひそんでいる筈である。「金色の死」は、このようなナルシシズムのもっとも昂然《こうぜん》たる表白であった。そしてもし「金色の死」が純粋ナルシシズムで一貫していたら、その論理的整合は、この作をもっと完結的な美へ導いたであろう。

しかし美を「見る」ものと考える男性的意識は、その識閾下《しきいきか》における更に男性的なナルシシズムと、おそらく相互に表現不可能・了解不可能の形で結び合わされているのが人間の宿命ではなかろうか。ともすると男とは、男性本来のもっとも強烈なナルシシズムを癒すためにのみ、意識的な対象性慾を授かって、そのほうへ馴化《じゅんか》されてゆく存在ではなかろうか。意識自体が自意識を表現不可能たらしめているのである。

以後は、私の、若き谷崎氏に対する推理的探究である。氏は「金色の死」を書いたとき、もしこのような思想を実践しようとすれば、行く先には、芸術体現の直接性瞬間性の永遠化として、正に「金色の死」しか存在せず、氏の芸術は、ただ一つ、死を目的とするところの、認識放棄の未聞の芸術になるということを直感したにちがいない。認識者（見る者）を表現の基幹に置く小説とは無限に遠い、認識の自己否定を基幹に置く芸術、たとえばバレエにおけるニジンスキーの如きものが、そもそも言葉を媒体にして存在しうるだろうか。肉体のみによる美の表現、ポオル・ヴァレリーが「最高の自己表現」と呼んだ舞踊芸術が、一曲一曲、死の代りに音楽の終りを置き、そこで完結するように、ひとつひとつの小説の終りで死を模することで谷崎氏は果して満足したろうか。言葉と肉体との絶対の二元性を脱却しようとすれば、人は肉体の死を志すほかはないのではなかろうか。

「金色の死」を自ら否定したときから、谷崎氏は自殺を否定したように思われる。すなわち、自己が美しいものになろうとすれば、人は果てしなく自殺の欲望へ誘われるであろうから、生きるということは、自己が美しいものになることを断念することであり、「金色の死」の芸術論の大切な前提を断念することである。いうまでもなく、自己が美しいものになることは、この芸術論の最大の矛盾であったが、それなしには岡村君は存在しえず、それなしには認識への最終的な侮蔑は達成されえず、それなしには人は想像力なき「無媒介の美」の無何有の郷へ入ってゆくことはできない。なぜなら、創造者と被造物としての美との間にある永遠の柵を乗り越えるためには、この矛盾を死を以て踏みにじるほかはないからであり、正に美をして存在せしめたおのれの官能の根源を無にいたらせるほかはないからだ。これよりあと「春琴抄」の佐助は、部分的自殺という方法を発見するが、これはもとより自己を美と考える心理機構とは無縁の方法であり、明らかな認識者の方法である。佐助の行為は、いわば官能から導かれた最高の叡智なのだ。

六

それにしても「金色の死」の、美の理想郷の描写に入ると、とたんにこの小説は時代的制約にとらわれたものとなる。ミケランジェロやロダンの彫刻のコピーの配置、ジョルジオーネのヴィナスや、クラナハのニンフその他の泰西名画の活人画、ロオマも支那も、世紀末も密教美術もおかまいなしの東西混淆は、当時の知識人の夢の混乱と様式の混乱を忠実にあらわし、ひいては、統一的様式を失った日本文化の醜さを露呈する。私はここの描写から、世界最高の俗悪美の展示場ともいうべき、香港のあのタイガー・バーム・ガーデンを想起したのである。日本のユイスマンスの美的生活の夢は、これほどまでに貧相であった。古典美もなければ頽廃美もなく、ひたすらに遊園地風のその描写は、しかし谷崎氏の責任とは云い切れない。日本の大正文化の責任と限界であり、当時の哀れな大正教養主義の奴隷どもが、今日の日本でオピニオン・リーダアに成り上っている惨状に比べれば、思想や精神を軽蔑した岡村君のいさぎよい自己犠牲は、以て範とすべきであったかもしれない。

「金色の死」を否定したことにより、谷崎氏は、自己の芸術的方法の根本的矛盾に目をつぶり、その背理をおしすすめる未聞の方法へ触手をのばすことなく、日本独自の、あの写実主義と装飾主義の折衷ともいうべき、伝統的背理を利用して、そこに悠々たる芸術境をひらくのである。ナルシシズムの地獄の代りに、円滑な、千変万化のマゾヒズムの夢が花ひらいた。サディスティックな批評能力がすべての形式を破壊してゆくような嗜慾とは無縁であった氏は、どんな悲劇の裡《うち》にも或る至福を語り、その語ること自体の情熱が、読者を魅するにいたる。氏は、官能による美を存在せしめる秘法を会得し、二度と「金色の死」の自己破壊に陥ることがなかった。深淵はなめらかな苔に充ち、苦悩は遠いところで快楽と手を結んだ。美の誘惑者であることが、美に化身して死を以て誘惑することではなくなり、いわば美を使役して誘惑することになったとき、「金色の死」が危機的に示した客観性の不安は拭われ、小説家の客観主義が真の円満な発達を遂げた。

その内で、しかし深淵は、しばしば谷崎氏の内的なドラマを窺わせて、ちらと姿を現わす。

「卍」におけるレスビアニズムという、男性の自意識を全く免れた世界。(あの封筒の描写による客観性設定の巧みさを見よ)。「卍」は、かくて、谷崎氏が容赦なく深淵の中へ手をつっこみ、登場人物を冷酷に破滅へ追い込んでゆく手腕において、卓抜なものである。この傑作に見られる、フランス十八世紀風な「性」の一種の抽象化、性的情熱の抽象主義は、遠く晩年の作品「鍵」や「瘋癲老人日記」に、その影を投じている。しかももっとも怖ろしい「卍」にせよ、もっとも美しく完璧な「春琴抄」にせよ、人間が最後におちこむ深淵には、性的至福が漲《みなぎ》っているのである。「瘋癲老人日記」の医学的記述が、死を冷たく即物的に扱っている部分は、このような「至福」へのみ誘惑される人間精神の或る華美な傾向に対する、絶妙なイロニーと云わねばならない。それは肉体に対するイロニーではなく、依然として精神と思想に対するイロニーなのだ。

「細雪」は、又、今後、日本文化の様式を記録した傑作として、永く世に伝わるであろう。文化が作品たるにとどまらず、その国の深い伝統と生活様式、ものの感じ方、味わい方、日常の挙措《きよそ》動作、趣味趣向のはしばしまで支配するものであるということを、今後の大衆社会の成員は、およそ理解することができなくなるかもしれない。花は桜、魚は鯛という月並みな感受性のうちに何がひそむかを証明した「細雪」のような作品は、文化とは何かを不断に答えてくれる古典になり、その女主人公きあんちゃんの幻影は、日本女性の永遠のオブスキュリティーの象徴となるであろう。

こうして氏の名作と呼ばれるものを並べてみると、氏はその生きた時代に於て幸福であったという奇妙な感じがする。なぜなら題材的風俗的には、「痴人の愛」「卍」「秘密」「金色の死」などは、それが書かれた時代よりも、今日の日本の風俗的混乱の中に置けばさらにアクチュアルなのであるが、それにもかかわらず、「痴人の愛」のマゾヒズム、「卍」のレスビアニズム、「秘密」のトランスフェスティシズム、「金色の死」のナルシシズム等は、今日よりもむかしの風俗の中に置くほうが、はるかに秘密めいていて、言葉の本当の意味で快楽的なのである。それらはいわば、かつては選ばれた者の快楽であり、そのような題材を扱うことが、一種の世紀末趣味を満足させ、知識階級の悪徳の表現たりえたのであり、人間の問題である前に性慾と官能の問題であった。しかし今の日本では、それら諸作の題材の「新らしさ」と別に、快楽も知的放蕩も悪徳の観念性も喪われ、あらゆる性的変質はあからさまな人間性の具現にすぎなくなり、その風趣は消え、そのロマンティシズムは消失したのである。

（昭和四十五年四月・新潮日本文学6谷崎潤一郎集「解説」・新潮社）

解説

三島由紀夫の美学、三島美学といった表現が、ほとんど常套句のように用いられる。実際、三島由紀夫ほど「美学」という言葉と結びつけられてきた作家はいない。

その場合、「美学」には、三島の作品の美的世界とか、三島の美意識あるいは美的倫理とか、いずれにせよかなり漠然とした意味がになわされていたように思う。それは、三島の書き物だけでなく、その行動、生き方（あるいは死に方）が問題にされるときでも基本的に変わらない。

三島が自刃したころに大学の美学科に進学していた私は、当時さかんに発せられていた三島美学なる表現にいささか違和感をおぼえたものだった。美学は、文字どおり学問的に用いられるべき言葉だと思ったのである。

しかし学としての美学を専攻し、またそれを講義し、私なりにいろいろと著述をするようになるにつれて、西洋の哲学史に出自をもつこの美学という言葉を、かえってもっと自由に、もっとゆるく用いてもいいのではないかという気持ちが強くなってきている。美学は、既成の諸概念を整理することも大事かもしれないが、美や芸術についてみずから問いを発し、言説としての可能性を模索する主体的な営みとしてしかありえないからである。三島美学でけっこう、もしそれが美や芸術についての主体的な問いの、思考の軌跡であるならば。

結局、こうして私は一般的に流布している三島美学なる表現に立ち戻ってきたともいえるわけだが、さてそれでは、三島自身が美や芸術について、どう考え、どう語っていたかということになると、意外にまとまった本がない。文学論集、演劇論集のたぐいはあるが、美学論集のようなものは一度も編まれたことがないらしい。三島を対象とするあまたの作家論に、美学という言葉が頻出するばかりである。三島が直接に美や芸術に言及したことを、多少とも理論的に筋道をつけてまとめてみる必要があるのではないか。

そんなことを考えていたとき、本文庫で『三島由紀夫のフランス文学講座』を出した畏友・鹿島茂と編集部から、三島の美術論を中心として本を編んでみないかという嬉しい勧めがあった。「三島由紀夫こそは、戦後最高の批評家である」と断言する鹿島は、フランス文学についての三島の知識の尋常ならざることを目のあたりにさせてくれた。美術論に関しても、同じようなことができるだろうか。

しかし三島の美術論は、一冊の本を編めるほど多くはない。美術論が中心になるにしても、やはり美と芸術をめぐる思弁的な文章を集めて「美学講座」を編むしかない。あらためて『三島由紀夫全集』の「評論」部門を総点検して、できあがったのが本書である。「美学美術史講座」というタイトルも考えたが、結局、ずばり「美学講座」で行くことにした。「序」で述べた制約のもとでの編纂だが、本書は三島由紀夫という作家像・人間像を考えるうえで、ひとつの有力な視点を提供しうるものになったのではないかと思っている。少なくとも、三島由紀夫の「美学」を問題にしようとするとき、本書は恰好の資料となるだろう。

＊

昭和二十四年の「美について」から本書は始まる。この「断片的なノオト」は、実は鹿島編『フランス文学講座』にも採られているが、そこでは「ランボー、ボードレール」の項目に並べられている。フランス文学の文脈で読むことも、もちろんできないわけではない。だが、三島はこれをもう少し広いパースペクティヴのもとに書きとめたように思う。そう、ありうべき自分自身の「美学」のためにである。「まとまった評論の体裁に編むつもりだ」とは、たぶんそういうことだろう。

しかし、三島は結局この「評論」を実現しなかった。そのかわりのように、三島は美について、芸術について、さまざまな場所で、さまざまな時期に、さまざまなことを語った。三島がそうして書き散らした文章を多少とも整合的にとらえなおして、いまこの『美学講座』が成立したのだとすれば、本書は三島のいう「まとまった評論」の代替物のようなものになっているはずである。

それにしても、この「美について」には、三島の「美学」のエッセンスのような言葉が散見されて、すでにこの時点でその骨組があらわになっていると思わずにはいられない。「精神に対する肉体の勝利」「美と死との相関」「現代に於ける美の政治に対する関係」といった言葉を、三島自身のその後の運命に引きつけずに読むことは難しい。三島の運命のかたちは、はじめから三島自身によって遥かに見据えられていたかのようである。

その意味で、「美について」は本書の真の序論たりえているが、セクションⅠの全体を、あるいはさらにIIの全体をも含めて、大きな序論ととらえることもできよう。そこでは、ニーチェ、ワイルド、ドストエフスキー、ヴォリンガア、フロイト、トオマス・マン、ゲーテ、ヴァレリー、ウェイドレー、あるいはプラトンなどの教説に触れながら、自己のスタンスを確保しようとする三島のその都度の姿が垣間見えるからである。

III「廃墟と庭園」は、本書のなかでも特色のあるセクションといえるだろう。私も文章を拾いながら、三島の廃墟（とは古代文明の遺跡のことだが）や庭園への熱い思い入れのようなものにあらためて気づかされ、心を打たれた。ギリシア体験と一体になった廃墟論はいうに及ばず、一種の比較美学になっている庭園論にしても、三島の資質の発露を感ぜずにはいられない。

その資質、あるいはもっと端的に嗜好といってもいいが、それはセクションIV「美術館を歩く」において、いっそう明らかになる。訪れた美術館のどんな作品に注目するかということは、逆にいえば、どんな作品に注目しないかということでもあるからだ。たとえば、三島はニューヨークのミュージアム・オブ・モダン・アート、通称MOMAにおいて、デムースなる画家に心を動かされたと書いている。デムースとは、チャールズ・ヘンリー・デムースのことだが、特異な都会風景を描いた今世紀初頭のアメリカのこのマイナー画家の名前を知る人は多くあるまい。三島の思いがけぬ一面を見た気がする。ところが三島は、この美術館の目玉であるピカソの「ゲルニカ」には相応の敬意を表しながらも、他の二十世紀の画家、特にアメリカの抽象表現主義の画家たちにはまったく触れていない。当時コレクションの数は限られていたにしても、それこそがこの美術館の真の主役になろうとしていたのだが——。

三島のまなざしは、つまるところ古典古代の、ルネサンスの、バロックの、ロココの人間の肉体を、美しい肉体の表象を、肉体の美しい表象を求めている。三島の筆が踊るのは、青銅の馭者像、アンティノウス像、グイド・レニの「聖セバスチァン」、いうなればあの「美しい無智者」の表象を前にしてなのだ。

Ｖ「三島由紀夫の幻想美術館」は、ダンヌンツィオの「異教的官能的キリスト教宣伝劇」の翻訳刊行の折に書かれたセバスチァン論と、ワットオ（現在はヴァトーと書くのが通例である）の作品論のほか、何篇かの美術論で構成されている。「美しい無智者」セバスチァンについて蘊蓄《うんちく》を傾けた三島は、「シテエルへの船出」をめぐってロココ的世界に思いきり文学的想像力を遊ばせている。美術論が文学論たらざるをえないところに、ロココの特色があるのかもしれない。ここで三島の筆は、水を得た魚のようだ。

三島は、ギュスターヴ・モロオに触れて、これを「二流芸術の見本」と呼び、「大体、二流のほうが官能的魅力にすぐれている」と書いている。三島の美術論は、総じてこの認識を念頭に置いて読まれなければなるまい。

いずれにせよ、デムースからセクションⅥ「肉体と美」の冒頭の「青年像」八点にいたるまで、具体的に言及されたすべての絵画、すべての彫刻の写真図版入りで、三島の美術論を読みなおしてみたいものだ。そうすれば、三島の美術世界の「官能的魅力」がじかに伝わってくるだろう。いささか辟易することになるかもしれないとしても。

三島の「美学」は、その内包する志向性のままに肉体の美学に収斂する。三島の肉体論の結晶が「太陽と鉄」だが、そのなかからははなはだヴァレリー的ともニーチェ的ともいえる箇所を、最終セクション「肉体と死」の冒頭に置いた。肉体と美の問題は、「美について」におけける「美と死との相関」あるいは「美は死の中でしか息づきえない」という言葉を承けるかのように、おのずから肉体と死の問題へと移行する。芸道論と谷崎潤一郎論の二つが、「太陽と鉄」のいわば変奏であろう。いずれも痛切な思いなしに読むことのできぬテクストである。とりわけ後者は、自刃の年に書かれた、三島の肉体論の総決算である。「谷崎氏の全作品に逆照明を投げかけてみたい」と三島は書いているが、これは同時に三島の全作品にも逆照明を投げかけるであろう渾身の力作である。

ほぼ二十年間の文章によって、三島由紀夫の「美学」を構成してみた。もとより、これはひとつの見方にすぎない。私はすでに『文学の皮膚』（一九九七）に収められた「薔薇と林檎」という文章において「三島由紀夫の肉体論」の小さな試みをしているが、三島の仕事の全体を本書と関連づけながらとらえなおしてみなければならないと思っている。

本書が読者の三島理解、三島研究の一助となることを願うばかりである。

一九九九年　秋

谷川　渥

本書は、ちくま文庫のためのオリジナル編集である。

ちくま文庫

三《み》島《しま》由《ゆ》紀《き》夫《お》の美《び》学《がく》講《こう》座《ざ》

二〇〇〇年一月　六　日　第一刷発行
二〇二四年十月二十五日　第六刷発行

著　者　三島由紀夫（みしま・ゆきお）
編　者　谷川　渥（たにがわ・あつし）
発行者　増田健史
発行所　株式会社　筑摩書房
東京都台東区蔵前二―五―三　〒一一一―八七五五
電話番号　〇三―五六八七―二六〇一（代表）
装幀者　安野光雅
印刷所　三松堂印刷株式会社
製本所　三松堂印刷株式会社

Printed in Japan
ISBN978-4-480-03531-8　C0195